古文說
要跟你做朋友

目錄

前言

第一章　豐富多彩的文學體裁

第二章　流芳千古的文學大家

第三章　彪炳千秋的文學著作

第四章　熠熠生輝的人物形象

第五章　風格各異的文學流派

第六章　各具特色的文學並稱

前言

中華文明，源遠流長；中國文學，蔚為大觀。

中國古代文學殿堂群星璀璨，異彩紛呈。走進這座殿堂，我們可以看到，那些青史留名的傑出文學家，不止有淵博的學識和過人的才情，更有廣闊的胸襟、深邃的思考和偉大的人格；那些流傳千古的文學名著，不僅有令人沉醉的形式美，而且內蘊深厚，意境高遠。

認識中華文明，理解傳統文化，離不開對古代文學知識的學習；生命個體的精神成長，也需要優秀古典文學的滋養和呵護。學習古代文學知識，閱讀古典文學作品，可以鍛鍊記憶力，增強理解力，豐富想像力，開發審美力；更能吸取優秀傳統文化中的思想精華，培養健全的人格。

但在閱讀和學習的過程中，讀者必然會遇到各式各樣的問題，腦海裡難免產生許多問號。要消除疑問，從訓練自身學習能力的角度來說，最佳方法莫過於自己動手查閱書目。

本書兼有知識普及讀本和工具書的性質，可以幫助讀者解決因閱讀而產生的疑惑，掃清閱讀的障礙，輕鬆愉悅地接受古代文學的浸染和薰陶。這本書包括古代文學體裁、文學家、文學名著、文學形象、文學流派、文學並稱六部分的內容，每一部分又包含若干條目，基本涵蓋了學習古代文學過程中常見的問題；每一部分的條目大致按時代先後順序排列，便於讀者查閱；條目篇幅精短，重點突出，可使讀者在較短的時間內獲取有益的知識。

文學承載文明，經典浸潤人生。相信這本書能成為打開文學殿堂之門的鑰匙，帶讀者走進神奇瑰麗的文學世界。

第一章 豐富多彩的文學體裁

中國古代的文學體裁，大體可分為詩歌、文、賦、戲劇、小說等類別。

這裡所說的詩歌，是個廣義的概念，包括詩、詞和散曲，其中詩又有古體、近體之分。文從形式特徵來看，可分為散文、駢文兩大類；從性質、功用來看，又可分為說、銘、記、傳、序、跋等。賦是介於詩、文之間的一種文體，有大賦、小賦之分，又可分為散體賦、駢體賦、騷體賦等。戲劇主要包括雜劇、南戲、傳奇等。小說篇幅有長、短之別，語言有文言、白話之分，按題材又可分為歷史小說、神怪小說、世情小說、愛情小說、俠義公案小說等。

古體詩與近體詩

古體詩

古體詩又叫做古風、古詩，是與近體詩相對的一個概念。近體詩講究格律，產生於南北朝的齊梁時期，正式形成並盛行於唐代。唐代以前的所有不合近體格律的詩歌，都叫做古體詩；唐代以後模仿古體詩形式而寫作的那些不合近體格律的詩，也算作古體詩。

古體詩形式非常自由，不講究平仄、對仗，押韻比較廣泛，篇幅可長可短，每句字數有四言、五言（也叫做「五古」）、六言、七言（也叫做「七古」）和雜言（字數沒有限制）幾種。樂府詩、古絕、歌行體、柏梁體、入律古風也歸為古體詩。

四言詩是最古老的一種詩歌形式，在西周和春秋戰國時期廣為流行。《詩經》中很多詩歌都是四言詩。漢代、魏晉時仍有人寫四言詩，如曹操〈短歌行〉、〈觀滄海〉、〈龜雖壽〉，嵇康〈兄秀才公穆入軍贈詩〉，陶淵明〈停雲〉、〈榮木〉等。

五古，每句五個字，句數沒有限制，平仄、押韻自由，也不講究對仗。五古在章法結構上注重「起承轉合」的運用，尤其是「起」的內容；在表現手法上，大多是透過景物描寫或對人物表情的描寫來抒發情感。例如《古詩十九首》、〈長歌行〉（「青青園中葵」）、李白〈月下獨酌〉等。

六言詩也是古體詩的一種，詩歌的每句都是六個字。《詩經》中已經出現六言散句，可視為六言詩的萌芽。完整而規範的六言詩出現於漢末建安時期，現存最早、最完整的六言詩，就是此時期孔融寫的三首。後世五言詩和七言詩成為詩歌的主流，六言詩則不多見。不過，也有一些比較好的六言詩流傳至今，如唐代王維〈田園樂〉（其三、其六）、劉長卿〈謫仙怨〉、杜牧〈山行〉（「家住白雲山北」）、魚玄機〈隔漢江寄子安〉等。

七古，每句七字，在寫作技巧方面有自己的特點。元代詩人范梈說：「七言古詩，要鋪敘，要開

清· 傅山行書《古詩十九首》

合，要風度，要迢遞、險怪、雄峻、鏗鏘，忌庸俗軟腐。須是波瀾開合，如江海之波，一波未平，一波復起。又如兵家之陣，方以為正，又復為奇，方以為奇，忽復是正。奇正出入，變化不可紀極。」現存最早、最完整的七言詩是三國魏曹丕的〈燕歌行〉；南朝梁至隋代，七言詩開始增多；唐代以後，七言詩才真正興盛起來。七言詩為詩歌提供了容量更大的新形式，使古典詩歌的藝術表現力得到進一步提升。七言古詩的代表作有唐代盧照鄰〈長安古意〉、張若虛〈春江花月夜〉、李白〈金陵酒肆留別〉、岑參〈白雪歌送武判官歸京〉、杜甫〈觀公孫大娘弟子舞劍器行〉及宋代蘇軾〈百步洪〉等。

雜言詩每句字數不等，全篇長短句間雜，用韻也較自由。最短的句子僅有一字，長句子則有十字以上的，其中以三字、四字、五字、七字句最多。這種詩體形式自由，能夠充分發揮詩人的想像力和創造力，自由表達思想感情。唐代大詩人李白是作雜言詩的高手，〈蜀道難〉、〈夢遊天姥吟留別〉等都是傳世名篇。

樂府詩由樂府官署而來。漢武帝時定郊祭禮樂，建立樂府官署，廣泛採集民間歌謠，配以音樂，在朝廷祭祀或宴會時演唱。樂府蒐集、整理的民歌，就是樂府詩，簡稱「樂府」。後世文人用樂府古題或仿樂府民歌形式而擬作的詩歌，也屬於樂府詩，又稱「文人樂府」（與樂府民歌區別）。樂府詩是《詩經》、《楚辭》後一種新的詩歌形式。代表作有漢代〈孔雀東南飛〉、北朝〈木蘭詩〉（合稱「樂府雙璧」），唐代李白〈行路難〉、〈將進酒〉等。

古絕，即不入律的絕句。王力《詩詞格律》中說：「凡合於下面的兩種情況之一的，應該認為是古絕：（一）用仄韻；（二）不用律句的平仄，有時還不黏、不對。當然，有些古絕是兩種情況都具備的。」古絕也有五言、七言兩種形式，但五言的較常見，七言的比較少。例如唐代李白〈靜夜思〉等。

歌行體是樂府詩的一種，也叫做樂府歌行體。漢魏以後的樂府詩題目名為「歌」或「行」的非常多。歌、行雖然名稱不一樣，但並沒有嚴格的差別，因此也有「歌行一體」的說法。歌行體形式上大多為七言，也有五言和雜言的，句子可以長短不一，形式靈活，富於變化，也可以歌唱。例如唐代白居易〈琵琶行〉、〈長恨歌〉等。

柏梁體是七言古詩中句句用韻且一韻到底的特殊情形。例如三國魏曹丕〈燕歌行〉、唐代杜甫〈飲中八仙歌〉等。

入律古風，是使用近體詩的平仄格式的古體詩。它有以下特點：一是全部使用律句或者基本上使用律句；二是可以換韻，平仄韻可以交替使用；三是多數為七言詩，每四句換一次韻，換韻以後的第一句詩歌也要入韻，整首詩看起來就像是多首「七絕」組合在一起。例如唐代王勃〈滕王閣詩〉、高適〈燕歌行〉等。

近體詩

近體詩是對定型並盛行於唐代的律詩和絕句的通稱。它對詩歌的句數、字數和平仄、用韻等都有比較嚴格的規定，又叫做格律詩。

絕句又稱截句、斷句、絕詩，一首四句。大多數情況下每句有五個字或七個字，即五言絕句、七言絕句；六言絕句也有，但很少見。

絕句起源於漢代，當時有五言四句的樂府小詩，但對於平仄、押韻並沒有嚴格的規定，也就是古絕。由於古絕年代久遠，又都流傳於民間，所以大多不知作者。如「南山一樹桂，上有雙鴛鴦。千年長交頸，歡愛不相忘」，「日暮秋雲陰，江水清且深。何用通音信，蓮花玳瑁簪」，這類五言小詩，音韻比較自由，意境也很優美。

經過魏晉南北朝的發展，到了唐代，詩歌的平仄和押韻都有了成熟的規則，這種四句的詩歌最終定型為絕句。唐、宋兩代是古典詩歌發展的黃金時代，絕句創作的名家名章數不勝數。孟浩然〈春曉〉，王維〈九月九日憶山東兄弟〉、〈送元二使安西〉，李白〈早發白帝城〉、〈黃鶴樓送孟浩然之廣陵〉、〈望廬山瀑布〉，杜甫〈絕句四首·其三〉、〈江南逢李龜年〉，王之渙〈登鸛雀樓〉、〈涼州詞〉，王昌齡〈出塞〉、〈芙蓉樓送辛漸〉，韓愈〈早春呈水部張十八員外〉，柳宗元〈江雪〉，白居易〈暮江吟〉，劉禹錫〈烏衣巷〉，張繼〈楓橋夜泊〉，李商隱〈樂游原〉，杜牧〈赤壁〉、〈泊秦淮〉、〈清明〉，王安石〈元日〉、〈泊船瓜洲〉，蘇軾〈題西林壁〉、〈飲湖上初晴後雨〉，李清照〈夏日絕句〉，陸游〈示兒〉、〈十一月四日風雨大作〉，楊萬里〈曉出淨慈寺送林子方〉，等等，都是千古傳誦的絕句名篇。唐宋絕句中的佳作，既符合格律，又不為格律所限，情、理、景交融，渾然天成，毫無斧鑿之痕跡，達到了很高的藝術境界和思想境界。後世對唐宋絕句雖不斷有模仿之作，但少有能與之比肩者。

律詩也是近體詩的一種，起源於南朝，定型於唐代初期。它因格律非常嚴密而得名。

律詩通常分為五言律詩、七言律詩和排律。一首八句，每句五個字的是五律，七個字的則是七律；一首八句以上的則是排律。其中，五律和七律的第一、二句是首聯，三、四句是頷聯，五、六句是頸聯，七、八句是尾聯。每一聯的上句是出句，下句是對句。三、四句和五、六句必須嚴格對仗，對仗的句法要相同，而且不能用同一個字來對。同時，對仗的詞性也要相對應，如名詞與名詞相對，動詞與動詞相對，虛詞與虛詞相對，代詞與代詞相對；天文對天文，地理對地理，方位對方位，人事對人事；等等。如李白〈送友人〉中「浮雲遊子意，落日故人情」一聯，「浮雲」與「落日」相對，「遊子」與「故人」相對，「意」與「情」相對。古代還有人為兒童學習近體詩而編寫了一些啟蒙讀物，如明末清初李漁的《笠翁對韻》，內有「天對地，雨對風，大陸對長空。山花對海樹，赤日對蒼穹」這樣的內容，對學習近體詩的對仗很有幫助。

律詩必須嚴格押韻。通常二、四、六、八句押韻，且多押平聲韻，中間不得換韻。五律的首句不入韻為正例，七律則是首句入韻為正例。如崔顥的〈黃鶴樓〉：「昔人已乘黃鶴去，此地空餘黃鶴樓。黃鶴一去不復返，白雲千載空悠悠。晴川歷歷漢陽樹，芳草萋萋鸚鵡洲。日暮鄉關何處是，煙波江上使人愁。」其中，「樓」、「悠」、「洲」、「愁」押韻，頷聯、頸聯對仗又極其工整，使得全詩朗朗上口。

唐宋時期是律詩發展的高峰，其中最具代表性的詩人是杜甫。他的〈登岳陽樓〉被後人推為「盛唐五律第一」，〈登高〉則被評為「古今七律第一」；此外，他的〈春望〉、〈旅夜書懷〉、〈秋興八首〉、〈登樓〉、〈聞官軍收河南河北〉、〈詠懷古蹟〉等五律、七律，也都是古代律詩的典範。

唐詩、宋詞、元散曲

廣義的古代詩歌，包括詩、詞和散曲。詞是由詩的五言、七言，演變為長短不一的句子，所以又叫「長短句」、「詩餘」。早期詞大多出自民間，後來經過文人的加工改造，形成了固定的「詞牌」和嚴格的格律。與詩歌相比，它雖然對平仄、對仗、押韻也有嚴格的要求，但句式長短不一，可以配合各種曲調的音樂演唱。詞以字數的多少分為小令、中調和長調，以風格的差別分為婉約詞和豪放詞。散曲也是古代詩歌的一種形式，它由詞演化而來，所以又稱「詞餘」。在形式上，散曲與詞相像，也是運用長短句，但它的格律比較自由，可以加襯字甚至增加句子，並且多用口語化的語言，所以更為通俗活潑，所能表現的題材範圍也更廣闊。散曲可分為小令和散套。小令是單個的曲子，散套則是由許多曲子連綴而成。

在中國古代文學史上，某一種文學體裁的發展，在某個時代達到了巔峰，就成為這個時代的代表性文學。王國維在《宋元戲曲考》中說：「凡一代有一代之文學：楚之騷，漢之賦，六代之駢語，唐之詩，宋之詞，元之曲，皆所謂一代之文學，而後世莫能繼焉者也。」唐詩、宋詞、元曲，就是我們最熟悉的「一代之文學」。其中元曲包括散曲和雜劇兩部分，雜劇屬於戲劇，後面再講，這裡只講唐詩、宋詞和元散曲，它們代表了中國古代詩、詞、散曲創作的最高成就。

唐詩

唐詩是中國文學史上一顆璀璨的明珠，代表著《詩經》、《楚辭》之後詩歌創作的最高成就。近體詩定型於唐代，並迅速登上後世難以企及的高峰；古體詩也沒有因為近體詩的異軍突起而衰落，反而大放異彩，藝術形式和思想內容都達到了新的境界。

唐代詩歌題材範圍空前擴大，上寫國家大事、民間疾苦、歷史興亡，下寫個人情感和際遇，不僅記錄了唐朝社會的真實情況，而且描寫了各個階層人們的生活、思想、情感，是當時國家經濟、政治、文化、軍事、自然及作家個人生平、心理等各方面的寫照，為歷史、文學研究提供了大量寶貴的資料。

唐代詩壇群星璀璨、異彩紛呈，既有李白、杜甫、王維、白居易這樣能夠駕馭各種詩體、各種題材的大詩人，也有「七絕聖手」王昌齡、「五言長城」劉長卿，邊塞詩人高適、岑參，田園詩人孟浩然等擅長一種詩體或題材的名家。還有一些傳世作品極少，但僅憑一兩首作品就足以名垂千古的詩人。如張若虛僅存詩兩首，其中〈春江花月夜〉有

「孤篇橫絕」之美譽；王之渙僅存詩六首，其中〈涼州詞〉、〈登鸛雀樓〉分別被後人推為唐代七絕和五絕的壓卷之作。

唐代詩歌經歷了初唐、盛唐、中唐、晚唐四個發展階段，每個階段都有名家出現，有名作傳世。

唐代初期，六朝奢靡浮華的詩風仍然流行於詩壇。「初唐四傑」王勃、楊炯、盧照鄰、駱賓王和詩文革新的先驅陳子昂，共同開拓了唐詩的新風氣，使之有了清新健朗的色彩。他們開始把詩歌從歌頌、描寫宮廷轉向了描繪市井民生、山河風景、邊塞生活和抒寫個人情懷，豐富了詩歌的題材和內容，為盛唐詩歌的繁榮鋪好了道路。

如果說唐詩是中國古代詩歌的高峰，那麼盛唐詩就是這座高峰的頂點。李白、杜甫兩位偉大的詩人就生活在這個時代。李白放浪形骸、不畏權貴，一心報國又懷才不遇，寫下了許多波瀾壯闊、天馬行空的作品；杜甫則傾力抒寫安史之亂後的國家憂患與人民疾苦，真實反映了唐代由盛轉衰的現實，記錄了當時的國情與民生。他們的作品，分別代表了古代浪漫主義和現實主義詩歌的最高成就。王維也是這一時期的大詩人，他既以田園詩著稱，又有邊塞詩名篇傳世，而且古體詩、近體詩都擅長。另外孟浩然、常建、儲光羲的田園詩，高適、岑參、王昌齡的邊塞詩，也是盛唐詩歌的重要組成部分，在文學史上留下了光輝的一筆。

唐代中期，白居易、元稹等詩人發起「新樂府運動」。他們的詩歌發揚《詩經》和漢魏樂府諷喻時事的傳統，描寫社會生活的各個方面，使詩歌走上了關懷現實生活的道路。韓愈、李賀、孟郊、賈島、柳宗元、劉禹錫也是這一時期的重要詩人。他們的作品各有千秋，共同開創了中唐詩歌的盛況。

唐代晚期，國家在動亂之後走向了衰敗。這時的詩壇雖不如原來景氣，但也出現了杜牧、李商隱這樣自成一家、影響深遠的詩人。

唐代詩歌的繁榮，不僅展現在詩壇上。帝王將相、宮娥歌女、道士僧尼都有詩作傳世；當時的小說、變文等通俗文學也大量引用詩歌，或以五言、七言詩的形式來寫唱詞。這說明在唐代，詩歌受到社會各階層的喜愛。

唐代不愧是詩的王國！

宋詞

詞出現於唐代，最初是為古代音樂填的歌詞，後來逐漸脫離音樂，成為一種獨立的詩體。早期詞多出於民間，文人作詞者很少。相傳李白所作的〈菩薩蠻·平林漠漠煙如織〉和〈憶秦娥·簫聲咽〉是後代文人詞之祖。晚唐至五代時期，文人詞逐漸多了起來，代表詞人有溫庭筠、韋莊、李璟、李煜、馮延巳等。這時期詞的創作雖取得了一定的成就，但總體來說，題材比較狹窄，風格比較單一，格律也不是特別成熟。

詞真正成為成熟的詩體並盛行於世，是在宋代。

北宋前期的詞作大多承襲五代綺靡豔麗的詞風，代表詞人有張先、晏殊、宋祁、歐陽脩、晏幾道等。柳永是北宋前期推動詞風革新的關鍵人物。他用鋪敘手法大量創製慢詞，從根本上改變了唐五代以來詞壇上小令一統天下的格局，擴充了詞的容量，提高了詞的表現能力；他還在詞中運用通俗化的語言，表現世俗化的市民生活情調，從創作方向上改變了詞的審美內涵和審美趣味。蘇軾繼柳永之後，對詞體進行了全面的改革，提高了詞的文學地位。他突破音律的束縛，使詞不再依附於樂曲，而成為獨立的抒情文體；他進一步擴大了詞的表現功能，開拓了詞的境界，將灑脫曠達之氣注入傳統的柔情婉約之詞中，開豪放一派。後又有周邦彥兼收並蓄，博採諸家之長，成為婉約詞之集大成者，為詞的發展革新做出了很大的貢獻。北宋著名的詞人還有賀鑄、黃庭堅、秦觀等，他們各自揮灑才華，使北宋詞壇異彩紛呈。女詞人李清照在宋代詞苑中獨樹一幟，是兩宋之交最重要的詞人。南宋內憂外患不斷，詞壇也以慷慨憤世和感傷時事為基調。

辛棄疾是南宋最偉大的詞人，被後世譽為「詞中之龍」（《白雨齋詞話》）。無論是作品的數量、題材的廣度，還是風格的多樣性、手法的豐富性，兩宋詞壇都無人能與之相比。更重要的是，他將滿腔愛國之情與不平之氣寄於詞中，使其詞具有很高的思想價值。南宋著名的詞人還有陸游、姜夔、劉克莊、周密、蔣捷等。

宋詞大致可分為婉約詞和豪放詞。婉約詞婉轉含蓄，多描寫兒女風情，語言縝密、柔美，注重音律的和諧。代表詞人有周邦彥、李清照等。豪放詞則氣勢恢宏、悲壯激昂，往往不拘泥於音律，且題材更為廣泛。代表詞人有蘇軾、辛棄疾等。需要說明的是，婉約、豪放兩派並非涇渭分明，比如蘇、辛兩人也有婉約詞名篇傳世。

即便宋代詩與散文的創作都取得了很高的成就，且在作品數量和反映現實的廣度、深度方面明顯優於詞，但在宋代文壇上，最有創造性，最具時代特色，也最能表現人們真實感情生活的，莫過於詞。另外，詞這一文體的發展、變化直至達到巔峰，這一過程都是在宋代完成的。因此，詞是宋代最具代表性的文學。

元散曲

在十二、十三世紀南宋先後與金、元對峙的時期，金、元統治下的北方興起了一種新的詩體，這就是散曲。散曲在元代定型，並成為這一時期最具生命力和創造力的文學形式之一。據隋樹森《全元散曲》所收錄，現今留有姓名的元代散曲作家達兩百餘人，存世作品達四千三百餘首（套）。元散曲以其語言的通俗、形式的活潑、描繪的生動、手法的多樣和揭示社會現實的深刻性、題材的廣闊性，在古代文學史上放射出璀璨的光芒，與唐詩、宋詞並列為中國古代詩苑中的三朵奇葩。

金元之際的元好問是散曲的開山鼻祖。他順應時代潮流，第一個將詞改編為散曲，並在詞牌的基礎上自制曲牌。他存世的作品雖不多，但風格大都疏放灑脫，對後來散曲家的創作有重要影響。

元散曲作家通常以元成宗大德年間為限，分為前後兩個時期。前期的代表作家有關漢卿、馬致遠、白樸和王實甫等。他們的散曲作品多抒發憤世嫉俗或男女愛戀的思想感情，風格比較樸素自然。其中馬致遠不僅留下了較多的散曲作品，而且透過創作開拓了散曲的題材，提高了散曲的意境，在散曲發展史上具有重要的地位。關漢卿也是這一時期的重要作家，他的小令活潑而不失婉麗，散套則豪爽潑辣、痛快淋漓，極具個人風格。後期作家以喬吉、張可久、徐再思等為代表。他們的作品注重語言的雕琢，追求形式上的工巧。張可久是這一時期最著名的作家，畢生專作散曲，傳世作品有八百餘首。

他的散曲較少寫現實生活，形式上注重辭藻與格律，風格典雅清麗，意境幽遠。由於後期散曲家過分追求形式的精美，使散曲逐漸喪失了通俗、樸素的本質，阻礙了它在民間的傳唱。此後，元散曲逐漸走向衰落。

元代著名的散曲家還有盧摯、貫雲石、鄭光祖、睢景臣、張養浩等。

以藝術風格來論，元散曲可分為本色派和文采派。本色派是元散曲的主流，其作品語言直率坦白，多用口語方言，充滿生氣。前期的散曲家多屬此派。文采派散曲華美綺麗，文采斐然，後期散曲家多屬此派。同一作家也可能兼有本色、文采兩派風格的作品。

和唐詩、宋詞相比，元散曲不僅形式上更為靈活，而且多用白描的手法，敘事、寫景、抒情不講究含蓄蘊藉，而是一定要描寫得淋漓盡致，這是它最根本的藝術特色，也是它能在詩歌史上占有一席之地的原因。

散文與駢文

散文

散文是與韻文、駢文相對的一個概念，指不押韻、不重排偶的散體文章。它是最靈活、最實用、最貼近現實生活的一種文體，也是古代起源最早、作品最豐富的文體之一。

中國古代散文源遠流長。上古歷史文獻集《尚書》中的篇章已是成熟的散文。《左傳》、《國語》、《戰國策》等史書，《荀子》、《孟子》、《莊子》、《韓非子》等諸子散文，都是先秦散文的代表。秦漢時期，李斯、賈誼、晁錯等人的政論文，和司馬遷《史記》、班固《漢書》等史傳散文，代表了這一時期的散文成就。魏晉南北朝時，駢文和賦幾乎占領了所有的領域，散文相對沉寂，但也有酈道元《水經注》、楊衒之《洛陽伽藍記》、顏之推《顏氏家訓》等散文著作傳世。

古代散文真正進入文學的境界，有獨立的審美地位，是在唐宋時期。中唐的韓愈、柳宗元反對六朝以來追求浮華的文風，大力提倡「古文運動」，追求作品思想性和藝術性的統一。他們以鮮明、系統的理論和登峰造極的創作實踐，為散文的發展打開了前所未有的新局面，正式確立了散文在文壇的統治地位。唐末、五代至宋初，六朝浮華的文風又有抬頭的跡象，北宋歐陽脩、蘇洵、蘇軾、蘇轍、王安石、曾鞏等散文家大力復古革新，使宋代散文進一步發展壯大。唐宋時期這八位散文家，代表了當時散文創作的最高成就，被後世合稱為「唐宋八大家」。在他們的努力下，散文的形式、技巧、題材、內容都得到了空前的豐富和提升，不再是單純的實用性文體，而成為兼具實用性與藝術審美的文學作品。唐宋兩代無疑是中國古代散文發展的黃金時期。韓愈〈進學解〉、〈師說〉、〈祭十二郎文〉，柳宗元〈始得西山宴遊記〉、〈至小丘西小石潭記〉、〈種樹郭橐駝傳〉，歐陽脩〈五代史伶官傳序〉、〈醉翁亭記〉，蘇洵〈六國論〉，蘇軾〈石鐘山記〉、〈留侯論〉、〈方山子傳〉，蘇轍〈上樞密韓太尉書〉、〈黃州快哉亭記〉，王安石〈游褒禪山記〉，曾鞏〈墨池記〉等，都是傳世名篇。

宋代以後，散文漸衰，但也不乏名家名作。比如明代宋濂、劉基、歸有光、袁宏道等人的一些作品；特別是明末張岱〈湖心亭看雪〉、〈西湖七月半〉等小品文，短小活潑，富有情趣，審美價值很高，開拓了古代散文的新領域。清代方苞、姚鼐等「桐城派」作家，也在理論和創作實踐上對散文的發展做出了貢獻。

駢文

駢文又叫駢體文、駢儷文、駢偶文，是與散文相對而言的。它多以偶句（儷句）組成，講究對仗和聲律，是一種很重視形式的文體。其中「四六」（全篇以四字句和六字句為主）是比較有代表性的一種駢文，又叫做「駢四儷六」。

駢文起源於秦漢，形成於魏晉，至南北朝進入發展的鼎盛期。南北朝駢文用典更加繁複，聲律更加和諧，對偶更加精密，句式更加整齊，辭藻更加華美，風格更加多樣。這一時期駢文名家輩出，作品的數量、品質也達到了空前的高度。事實上，當時除了《後漢書》、《宋書》、《南齊書》等史書外，其他領域的文章幾乎全以駢體寫成，如政府的公文、私人的書信、學術著作，以及頌、讚、箴、銘、哀、誄等各種文體，甚至史書的史論部分也多以駢文來寫。因此，王國維將駢文視為六朝文學的代表，與漢賦、唐詩、宋詞、元曲並列（《宋元戲曲考》）。

直到中唐前期，駢文的創作仍舊盛於散文。中唐韓愈、柳宗元等明確反對駢文，提倡古文（秦漢散文），駢文才走向衰落。晚唐、五代，駢文復興，至北宋歐陽脩等散文家重倡古文，駢文再次衰落。到了清代，駢文又有復興的跡象，但再也無法重現往日的輝煌。

駢文在語言上要求平仄相對、音韻和諧、聲律鏗鏘，修飾上也注重用典和藻飾。雖然駢文創作在形式、技巧上有很多限制，不像散文創作那樣自由靈活，但只要運用得當，就可以寫出非常精美的文章，具有獨特的藝術魅力。東晉王羲之〈蘭亭集序〉、陶淵明〈歸去來兮辭〉，南朝鮑照〈登大雷岸與妹書〉、江淹〈別賦〉、孔稚圭〈北山移文〉、陶弘景〈答謝中書書〉、丘遲〈與陳伯之書〉、吳均〈與朱元思書〉（一作〈與宋元思書〉）、徐陵〈在北齊與楊僕射書〉、庾信〈哀江南賦序〉，唐代王勃〈滕王閣序〉、李華〈弔古戰場文〉、劉禹錫〈陋室銘〉、杜牧〈阿房宮賦〉、李商隱〈祭小姪女寄寄文〉，清代汪中〈哀鹽船文〉等，都是流傳千古的駢文佳作。

說、銘、記、傳、序、跋

古代文章從形式上可分為駢文和散文兩大類，但古人對文章的分類並沒有統一的標準，因此古代文章的種類非常多。南朝梁蕭統編的《文選》、劉勰作的《文心雕龍》，對文章的分類都有三十多種。明代徐師曾的《文體明辨》中所收錄的文體（包括詩和賦），更是多達一百二十一種，令人嘆為觀止。其實古代對文章的分類存在同實異名的現象，就是說同一體裁的文章有不同的名稱，如墓碑和墓碣其實是一種文體，奏疏、札子和奏摺也是如此，這就造成了古代文章類別繁雜的情況。直到清代姚鼐編《古文辭類纂》，以性質或功用為標準，將古代文章分為十三類，才算是比較完善的文章分類。

在古代眾多的文章類別中，說、銘、記、傳、序、跋是常用的六種文體。

說

說是古代文體的一種，它往往借助一件事物或一種現象來發表議論，闡述事理，表達作者內心的感受和見解。

說通常篇幅不長，語言簡潔明瞭，並且寫作手法較為靈活，與雜文手法相似。這種文體源於戰國時期策士遊說之辭，所以側重於說理。但它並不注重推理演繹，而是因事（物）而發，透過小的事物揭示大的問題或道理，所以論題自由，可以靈活變化。用現代的話來講，「說」就是「談一談」的意思。如北宋周敦頤的〈愛蓮說〉，就是談自己喜愛蓮花的道理。它透過對蓮花從淤泥中生出，盛開在水面的形象進行描寫，來歌頌蓮花「出淤泥而不染，濯清漣而不妖，中通外直，不蔓不枝，香遠益清，亭亭淨植，可遠觀而不可褻玩焉」的高貴品質。作者還將蓮花與大眾喜愛的「花之富貴者」牡丹進行對比，說明只有真正理解蓮花的人，才能感受到它的君子品格。另外，唐代韓愈〈馬說〉、柳宗元〈捕蛇者說〉等名篇，也都是採用這種寓教於事（物）的形式。

銘

銘最初是刻在器物上，用以歌功頌德或勸誡世人的文字。因其能夠表達一定的內容，又可以獨立成篇，所以逐漸發展為一種獨立的文體。

銘的用途很廣，類型很多。為著名山川設立的石勒銘是其主要類型之一。如西晉文學家張載回四川探望父親，途中路過劍閣，看到劍閣地勢險要，風光綺麗，便有感而發，寫下了〈劍閣銘〉。他先是寫出了劍閣「壁立千仞，窮地之險，極路之峻」的險要地勢；然後，他指出，在這種關口，一個人可以借助地勢抵擋千萬人，所以必須委派親信來把守。最後，他進一步昇華了文章的主題，指出國家興亡的關鍵在於統治者是否有「德」，若統治者昏庸無道，即使有天險可依，也必然滅亡。

器物銘也是銘的重要類型之一。如宋代蘇軾的〈蓮花漏銘〉。在沒有鐘錶的時候，古人計時的工具比較落後，誤差很大，直到宋代燕肅發明了蓮花漏。這種計時器計時準確、製作簡單而且精巧，大大方便了當時人們的生活。〈蓮花漏銘〉就是讚頌燕肅的這個發明。

另外還有座右銘，是作者寫來置於身旁，用來時時刻刻提醒自己的；墓誌銘，是記錄死者生平、標示其生前身分地位的；等等。唐代劉禹錫的〈陋室銘〉、韓愈的〈柳子厚墓誌銘〉，都是銘中的佳作。

記

記，又稱「雜記」，是記敘文的一種，通常用來記載人事、山水等，兼以議論、抒情。現今通常將古代的記分為四類：臺閣名勝記、山水遊記、書畫雜物記和人事雜記。

臺閣名勝記是古人在遊覽亭臺樓閣時寫下的文章。作者往往透過記錄臺閣名勝的歷史傳說、修葺過程等，來抒發自己的情感、抱負等。如歐陽脩的〈醉翁亭記〉。這篇文章寫醉翁亭周圍的優美環境及滁州百姓安樂的生活，以及作者與民同樂的情景，其中也流露出一絲遭饞被貶的苦悶。

山水遊記主要描寫自然風光，展現自然之美，兼有議論和抒情。如蘇軾的〈石鐘山記〉。這篇遊記先寫了石鐘山名字由來的幾種說法，並且對這些說法表示了懷疑；然後寫作者實地考察了石鐘山，終於得知了它名字的真正由來；最後表達了作者的感想：認識事物要眼見為實，切不可妄自猜測。

書畫雜物記是為書畫、器物等寫的記，主要描寫其形式、手法、內容、藝術特點、歷史沿革、思想內涵等。如明代魏學洢的〈核舟記〉。它以平實而細膩的文筆描寫了一件微雕工藝品——核舟。全文僅四百餘字，卻將核舟的形象描繪得非常細緻、完整，堪稱典範之作。

人事雜記主要記敘人物生平或反映社會現象。如清代方苞的〈獄中雜記〉。方苞因《南山集》被牽連入獄，出獄後，他寫下了在獄中的所見所聞，揭露了許多不為人知的事實：獄卒的薪水非常少；獄中瘟疫流行，死者與活人挨在一起，毫無避瘟可言；獄中還存在勒索、貪汙、死刑犯偷梁換柱等腐敗現象。這篇文章不僅揭露了當時殘酷黑暗的現實，而且留下了珍貴的歷史資料。

傳

傳是記載人物生平和事蹟的文章。有記敘別人事蹟的傳，也有記敘自己生平的「自傳」；可以一人一傳，也可以數人合傳。

傳一般分為兩類。一類是以記敘史實為主的傳。這類傳史料性較強，要求忠於歷史，崇尚樸實、雅潔，但也可以進行適當的藝術加工。這類傳又可以分為多種樣式，如見於正史的「本傳」、用以補充本傳的「別傳」、按年月記載人物事蹟的「年譜」、簡略記錄事蹟的「小傳」、記敘已故親友事蹟的「事略」等。司馬遷《史記》中的〈項羽本紀〉、〈陳涉世家〉、〈廉頗藺相如列傳〉、〈李將軍列傳〉、〈魏公子列傳〉，班固《漢書》中的〈蘇武傳〉、〈朱買臣傳〉等，都是史書中優秀的人物傳記。另一類傳則屬於文學的範圍，以文學的筆法來描寫人物的生平或日常瑣事等，以表現人物性格以及他所處的社會環境。這類傳所寫的對象不一定是歷史人物，也可能是一些名不見經傳的小人物；記敘人物事蹟也不拘泥於史實，允許帶有想像性的自由發揮和虛構成分。韓愈〈張中丞傳後序〉、柳宗元〈種樹郭橐駝傳〉、蘇軾〈方山子傳〉、袁宏道〈徐文長傳〉、黃宗羲〈柳敬亭傳〉、侯方域〈馬伶傳〉等，都是為人所稱道的名篇。

傳具有多重價值。第一，它透過記錄人物的生平事蹟，能夠反映人物所處時代的政治、經濟、思想、文化等各方面的情況，為歷史研究保存了重要的資料，有重要的歷史價值；第二，優秀的傳記作品敘事引人入勝，語言具有美感，人物形象鮮明，有很高的文學價值；第三，它透過記敘人物的生平及結局，提要了該人物的經驗教訓，給人啟發與警示。

序

序是寫在詩文集前面或書畫上，說明作品的主旨、內容、用途、創作原委等，並發表評論的文章。有作者自己寫的序，也有請人代寫的序。在魏晉以前，序多放在作品的後面，魏晉後則一般放在前面。

序大致分為主敘事的序和主議論的序兩類。主敘事的序，通常記錄寫作緣由、著作內容、作家生平等，而主議論的序則多用來表達自己的觀點。兩者並無固定的界限，作序者經常交互使用敘事和議論，有些甚至還帶有強烈的抒情色彩。

唐代王勃的〈滕王閣序〉，就是一篇記事的序。滕王閣是唐高祖之子滕王李元嬰建造的。王勃在探望父親的途中於此地參加宴會，便應景作了〈滕王閣序〉來描寫滕王閣的景色。滕王閣景色壯美，宴會又高朋滿座、其樂融融。在這歡樂的氛圍中，作者卻「興盡悲來」，在文中抒發了自己時運不濟、命途多舛的感慨。這篇序具有強烈的抒情性，感人至深。

宋代歐陽脩的〈五代史伶官傳序〉，則是一篇以議論為主的序。當時，北宋王朝雖處於盛世，但各種社會矛盾層出不窮，政治上積弊已久。為此，歐陽脩創作了這篇文章，借五代時期後唐的盛衰史，告誡北宋的執政者要吸取歷史教訓，居安思危。文章開篇便點出了「盛衰之理，雖曰天命，豈非人事哉」的主題，然後展開議論，說明後唐一開始如何興盛，而後來又為什麼衰敗，最終得出了「憂勞可以興國，逸豫可以亡身」、「禍患常積於忽微，而智勇多困於所溺」的著名論斷。全篇夾敘夾議，層層遞進，一氣呵成，成為歷來傳誦的名篇。

跋

跋是寫在書籍後面或書畫上面的短文，用以

明· 文徵明行書〈滕王閣序〉（局部）

評價作品的內容或說明與作品有關的情況。書籍後面的跋又稱「書後」、「後序」、「後記」等。本來書籍只有序，一般寫在正文前面，後來有些作者或其他人將自己的創作或閱讀心得、見解、總結等附在書後，稱為跋。跋與序的不同之處在於，跋是寫在正文的後面，所以一般更為簡潔明瞭，對序和正文稍作補充即可。

古代的跋一般分為兩類。一類是學術性的，即對詩文、古籍、字畫、金石等進行學術考證或評論。如宋代蘇軾的〈書摩詰藍田煙雨圖〉，對王維（字摩詰）的詩與畫做出了精闢的評價：「味摩詰之詩，詩中有畫；觀摩詰之畫，畫中有詩。」

另一類是記敘性的，其本身便是一篇可欣賞的文學作品。宋代陸游的〈跋李莊簡公家書〉就是一篇優秀的記敘類跋文。這篇文章從四十年前的往事寫起。當時南宋名臣李光（諡號「莊簡」）罷官居家，經常拜訪陸游的父親。兩人常談論時事，言辭激烈。有一天，李光對陸游的父親說：「聽說宰相趙鼎被秦檜陷害後，在貶謫途中曾悲憤落淚。我絕不會這樣子！如果貶謫的命令下來了，我換上平民的衣服就可以上路，哪能哭哭啼啼呢！」說這話時，他目光如炬，聲若洪鐘，給少年陸游留下了深刻的印象。四十年後，陸游偶然讀到了李光被貶到海南後寫給家人的書信。從這些書信中可以看出，李光被貶後豪氣不減當年，這讓陸游想起了李光對父親說過的話。於是他有感而發，在李光的家書後寫下了這篇跋。這篇跋雖然僅有百餘字，但它選取了最能表現李光性格的情節，透過描寫其言語和神態，將其英偉剛毅的形象刻劃得淋漓盡致，字裡行間也流露出對這位前輩由衷的敬佩之情。

賦

賦是介於詩、文之間的一種文體。它基本上押韻，並講究辭藻和修飾；每句的字數雖無嚴格規定，但一般句式比較整齊。這些特徵與詩接近。但它在韻文中又雜有散文，甚至有議論性的片段；不能入樂歌唱。這些特徵又接近文。古人一般把它歸入文的範疇，也有人把它視為與詩、文並列的一種文體。在歷史上，漢魏六朝是賦發展的黃金時期。

漢賦

賦最遲起源於戰國時期。屈原、宋玉是賦家之祖，《楚辭》對後世賦的形式特點及創作手法有很大的影響。荀子〈賦篇〉最早以賦名篇，其設為問答、鋪陳描繪的形式特徵，對漢賦也有一定的影響。

經過長期發展，賦在漢代盛行起來，成為漢代文學的代表。西漢初期，出現了一些上承屈、宋的騷體賦。由於剛經歷了秦朝暴虐的統治，百廢待興，這些作品中還有表現社會疾苦或抒發個人情懷之作。比如賈誼的〈吊屈原賦〉和〈鵩鳥賦〉。

經過休養生息，漢朝國力日益強盛，封建的皇權也極為穩固，於是逐漸形成了歌功頌德、沉迷聲色的奢靡之風。辭賦作家競相將才華獻於此，使漢賦突破了《楚辭》形式的束縛，自成一體，真正達到了鼎盛時期。這時的賦作，在內容上的特點是「潤色鴻業」、「勸百諷一」。所謂「潤色鴻業」，是指這些賦作多描寫華美雄偉的宮殿園林、宏大壯觀的狩獵場面、奢侈靡麗的歌舞宴飲等，以此來讚美帝王的功績，展現盛世的風采；所謂「勸百諷一」，是指這些賦作以絕大部分篇幅歌功頌德，而只在結尾處對統治者的侈靡作風稍作諷諫，其諷諫的言辭遠遠比不上勸誘奢靡的言辭。在形式上，這些賦作多採用主客問答的結構，篇幅較長，體制宏大，韻散結合，辭藻華麗，多用生僻字，喜用鋪敘、渲染、排比、誇張等手法。後人將這類賦稱為「大賦」。大賦是漢代最具特色和代表性的文學形式，我們常說「賦盛於漢」，其實主要說的就是大賦；至於抒情小賦，要到魏晉南北朝才盛行。大賦定型於枚乘的〈七發〉，後在司馬相如、揚雄、班固、張衡（合稱「漢賦四大家」）等賦家的筆下發揚光大，代表作品有司馬相如〈子虛賦〉、〈上林賦〉，揚雄〈長楊賦〉、〈甘泉賦〉、〈羽獵賦〉，班固〈兩都賦〉，張衡〈二京賦〉等。

西漢後期，朝廷的腐敗奢靡終於顯露出了弊端，外戚專權、吏治腐敗使得朝廷成為一個空殼，苛捐雜稅更使得民不聊生，社會矛盾尖銳。到了東漢後期，更是戰亂頻繁，天災人禍不斷，直至出現了三國鼎立的局面。在這樣的時代背景下，文人不再只用賦來「潤色鴻業」，他們將憂愁無奈的情緒或避世隱居的思想注入到作品中，這就形成了與大賦面貌完全不同的抒情小賦。抒情小賦在形式上脫離了漢大賦固有的模式與虛浮的說辭，語言自然清新，結構短小靈活；在內容上主要表現自己真實的情感和思想。東漢張衡的〈歸田賦〉是現存第一篇完整的抒情小賦，為賦的創作打開了新局面，對後世影響深遠。漢代抒情小賦的代表作還有東漢末年趙一的〈刺世疾邪賦〉、王粲的〈登樓賦〉等。

漢賦中還有以敘述旅行經歷或描寫禽獸、草木、器物等為內容的。前者又稱「紀行賦」，如劉歆〈遂初賦〉、班彪〈北征賦〉、班昭〈東征賦〉、蔡邕〈述行賦〉等；後者又稱「詠物賦」，如王褒〈洞簫賦〉、馬融〈長笛賦〉、禰衡〈鸚鵡賦〉等。

漢賦不僅僅在語言、修辭等方面豐富了古典文學，發展了中國文化，而且反映了當時的社會風貌，記錄了歷史，兼具文學價值與文獻價值，對後世文學形式、觀念的發展創新，對漢代歷史的研究，都具有重要的意義。

魏晉南北朝賦

到了魏晉南北朝，文人仍然熱衷於作賦。當時的文壇，賦是主要的文學形式之一。這一時期的賦作，流傳至今的就有一千一百多篇，大約是現存漢賦總數的五倍。

魏晉南北朝的作家還大大開拓了賦的題材。漢代作家普遍重政治功利，其賦作也多圍繞盛世風采、政治理想與遭遇等內容來寫，表現生活題材的作品較少。因此，漢代的京殿苑獵賦、抒情言志賦、紀行賦乃至詠物賦中托物言志的作品，都具有明顯的政治色彩。魏晉南北朝作家則將男女愛情、婦女命運、節日風俗、自然風光、人生感悟等通通納入賦中，使賦更貼近現實生活，更具個性。魏晉南北朝作家還將漢賦的一些傳統題材發揚光大。比如詠物賦，在漢代作品既不多，整體程度也不高；魏晉南北朝作家大力創作詠物賦，使之成為當時賦的最大門類，在描寫技巧、抒情性等方面也有了很大的提升。總之，在魏晉南北朝，賦的表現能力大大增強，題材範圍空前擴大。

魏晉南北朝賦在藝術形式和創作手法上也更加豐富多樣。一方面，這一時期作家對漢賦的繁富華麗基本持欣賞態度；另一方面，他們對漢賦存在的弊病進行了改造，使這一時期的賦作語言風格整體趨於淺易流暢，在描寫手法上則改漢賦的鋪張揚厲為細密真切。由於駢文的日益盛行，這一時期的賦還呈現出駢化的特點，如西晉潘岳〈秋興賦〉，南朝鮑照〈蕪城賦〉、謝惠連〈雪賦〉、謝莊〈月賦〉、江淹〈別賦〉等名作，歸入駢文也未嘗不可。另外，這一時期的賦作多使用情景交融、以景襯情的抒情手法，使作品的抒情性普遍增強。抒情小賦的創作逐漸進入繁榮期，取代大賦而成為了當時賦壇的主流。

魏晉南北朝是賦發展、變化至鼎盛的時期，也是賦由盛轉衰的時期。三國魏至西晉的文壇，賦與詩基本並駕齊驅；東晉到南北朝，詩的發展漸漸占據上風，賦則從此走向衰落。

戲劇

戲劇的萌芽是非常早的，可追溯到遠古時代那些再現生活場景的歌舞。然而，戲劇的開花、結果卻比較晚，這是因為戲劇是一種綜合性的藝術形式，它把不同的藝術融合於空間狹小、時間有限的舞臺演出中，這必然要經歷一個漫長的演變過程。

西週末年出現了表演滑稽動作的俳優，漢代出現了以競技為主的角抵戲，南北朝至唐代出現了兩人合作表演滑稽故事的參軍戲，這些古老的表演藝術，對後世戲劇的形成都有重要的影響。宋代是戲劇正式形成的時期。當時的戲，我們稱為「宋雜劇」。與南宋對峙的金出現了金院本，但其實它只是宋雜劇的另一種稱呼。同時，東南沿海一帶出現了一種地方戲——溫州雜劇，又叫「南戲」。另外，北宋中期還出現了一種講唱藝術——諸宮調，這種藝術形式興盛一時，對南戲和雜劇都產生過重要影響。到了元代，溫州雜劇繼續流行於南方，人們一般稱它為「宋元南戲」；金院本則逐漸演變成為元雜劇，在北方盛行。宋元南戲和元雜劇的出現，象徵著戲曲藝術進入發展的成熟期。明清兩代，雜劇衰落，由宋元南戲直接發展而來的傳奇成為這一時期戲劇的主要形式。傳奇是明清兩代最豐碩的藝術成果之一，在數量上遠遠超過了元雜劇，並湧現出一批名家名作。

宋元之際，隨著戲劇角色的逐漸增加和戲劇情節的日益複雜，幫助演員記錄臺詞、動作、表情的劇本應運而生。這些為表演而創作的劇本，可以看作是由套曲雜以賓白（對白）和科介（表演），以敘述完整故事的一種文學形式，即戲劇文學。現存最早的劇本是元代刊刻的雜劇劇本，這說明中國古代的戲劇文學最遲始於元代。

現存的古代劇本（包括南戲、雜劇和傳奇等）達一千六百種以上，是一個蘊藏豐富的文學寶庫。其中，元雜劇的代表作有關漢卿《竇娥冤》、白樸《梧桐雨》、王實甫《西廂記》、馬致遠《漢宮秋》、鄭光祖《倩女離魂》、紀君祥《趙氏孤兒》等，宋元南戲的代表作有高明《琵琶記》，明清傳奇的代表作有李開先《寶劍記》、湯顯祖《牡丹亭》、李漁《風箏誤》、洪昇《長生殿》、孔尚任《桃花扇》等。這些作品題材有悲有喜，有歌頌愛情的，有反映現實的，有演繹歷史的。它們或以扣人心弦的戲劇衝突取勝，或以緊湊精巧的故事結構取勝，或以鮮明生動的人物塑造取勝，或以細緻入微的心理刻劃取勝，或以反映現實的深刻取勝，或以浪漫離奇的想像取勝。它們的唱詞和散曲一樣，有本色派和文采派之分。本色派唱詞貼近生活，淺白真切，酣暢淋漓，文采派唱詞語言精緻，音律和諧，美不勝收，可謂各有千秋。如《西廂記·長亭送別》、《牡丹亭·驚夢》中那些膾炙人口的唱詞，藝術水準不在唐詩、宋詞名篇之下。

小說

小說是中國古代文學中一種非常重要的體裁。總體來看，中國古代小說數量浩繁，門類眾多，題材廣泛，技巧豐富，風格多樣。

從語言形式上來說，古代小說可分為文言小說與白話小說兩種。文言小說產生時代較早，內容多記敘奇聞異事，如魏晉南北朝的志怪小說、志人小說，唐代傳奇，清代的文言短篇小說等。白話小說出現較晚，題材極為廣泛，在中國古代小說中占主導地位，宋元話本、明代擬話本、明清長篇章回小說均屬此類。

從題材內容上來說，古代小說大體可分為歷史小說、神怪小說、世情小說、俠義公案小說四大類。其中每大類又可細分為若干小類，如歷史小說可分為歷史演義、英雄傳奇等，世情小說可分為諷刺小說、愛情小說等，神怪小說可分為佛教神怪小說、道教神怪小說等，俠義公案小說可分為武俠小說、公案小說等。

中國古代小說從醞釀到成熟，經歷了漫長的發展過程。

先秦至漢代的神話傳說、寓言故事、史書雜記等，對小說的形成有重要的影響。古代神話、寓言散見於《山海經》、《穆天子傳》、《楚辭》、《孟子》、《莊子》、《列子》、《韓非子》、《呂氏春秋》、《淮南子》等文獻中，是早期的敘事文學，其豐富多彩的故事素材、瑰麗奇幻的想像、積極浪漫的創作方法，都為後世小說的孕育和產生準備了優渥的條件；《左傳》、《戰國策》、《史記》等史書中敘事、寫人的手法，也為後世小說提供了借鑑；漢代《燕丹子》、《吳越春秋》、《越絕書》等野史雜記與小說更為接近，對魏晉南北朝志怪、志人小說有直接的影響。

魏晉南北朝出現了大量志怪小說和志人小說。志怪小說主要是蒐集神話故事和民間傳說而成，也有個別篇章透過鬼神故事反映了人民的願望，有一定的思想價值。現存最著名的作品是東晉干寶的《搜神記》。志人小說內容主要是記載當時名士的言談舉止、奇聞逸事，最著名的作品是南朝宋劉義慶主持編纂的《世說新語》。志怪、志人小說是中國古代小說的雛形，代表古代小說進入了獨立發展的階段。

中國古代小說的成熟，是以唐代傳奇（不同於明清的戲劇傳奇）的出現為標誌的。從這時起，作家開始自覺地根據現實生活，加以想像虛構，創作首尾完整的小說。相較於之前的志怪、志人小說，唐代傳奇更貼近現實生活，題材更廣泛，故事更完整，藝術水準也更高。代表作有沈既濟〈枕中記〉、李公佐〈南柯太守傳〉、李朝成〈柳毅傳〉、白行簡〈李娃傳〉、元稹〈鶯鶯傳〉、蔣防〈霍小玉傳〉、陳鴻〈長恨歌傳〉、杜光庭〈虬髯客傳〉等。

宋元兩代，一種被稱為「話本」的白話小說取代了傳奇，成為當時小說的主要形式。它實際上是當時的說話藝人說唱故事所用的底本，有長篇和短篇兩類。長篇話本以講史、說經為主要內容，整體來說藝術程度不高，但其中的一些話本，如《三國志平話》、《大宋宣和遺事》、《大唐三藏取經詩話》等，為後來的《三國演義》、《水滸傳》、《西遊記》等長篇章回小說的出現提供了形式和內容上的借鑑，在小說發展史上具有重要意義。短篇話本又叫「小說話本」，其內容一般取材於現實生活，主角多是市民階層。其中的代表作品如〈碾玉觀音〉、〈錯斬崔寧〉等，是兼具哲思與藝術性的優秀白話短篇小說。宋元話本的出現是中國古代小說史上的重要轉折，有承前啟後、繼往開來之功。

明清兩代，中國古代小說的發展進入繁盛期，其中以白話長篇章回體小說取得的成就最令人矚目。這種小說在形式上的主要特點，一是分章標回，每回敘述一兩個中心事件，標以對仗的回目；二是韻散結合，以淺近的文言文或當時的白話來敘事，在敘述中夾帶描寫性、抒情性或議論性的韻文（詩、詞、曲、賦等）。元末明初的《三國演義》

是章回小說的開山之作，也是中國古代成就最高的歷史演義。此後各種題材的章回小說層出不窮，如古代最著名的英雄傳奇《水滸傳》、最傑出的神魔小說《西遊記》、最偉大的世情小說《紅樓夢》、最優秀的諷刺小說《儒林外史》等。這些傳世名著，共同將中國古代長篇小說的創作推上了巔峰。

明清兩代的短篇小說也取得了很高的成就。最早的白話短篇小說是宋元話本中的小說話本，明代文人模擬宋元話本而創作的小說則叫做「擬話本」。後來又有人蒐集、整理話本和擬話本，加以個人創作的作品，做成了白話短篇小說的集子，其中最著名的就是馮夢龍的《喻世明言》、《警世通言》、《醒世恆言》（合稱「三言」）和凌濛初的《初刻拍案驚奇》、《二刻拍案驚奇》（合稱「二拍」）。明代白話短篇小說發展很快，清代則在文言短篇小說方面取得了輝煌的成績。清代文言短篇小說傳世者有五百餘種，其中最著名的是蒲松齡《聊齋志異》和紀昀《閱微草堂筆記》。特別是《聊齋志異》，在藝術手法、語言美感、反映現實的深度和廣度、故事情節的曲折性和完整性、人物形象的塑造等方面都取得了卓越的成就，登上了古代文言短篇小說的高峰。

中國古代小說中的優秀作品，能夠將歷史盛衰或社會人生融於作品中，人物形象鮮明生動，故事情節引人入勝，哲理精深，文采斐然，給人愉快的藝術享受、深刻的人生啟示和強烈的心靈震撼。這些作品無疑是中國文學乃至世界文學的寶貴遺產。

第二章

流芳千古的文學大家

屈原

屈原（約西元前三四〇至約前二七八年），戰國時期楚國人，芈（ㄇㄧˇ）姓，屈氏，名平，字原（又自云名正則，字靈均）。他是歷史上第一位偉大的詩人，在文學史上享有崇高的地位。他的出現標誌著中國詩歌由集體創作進入個人創作的新時期；由他開篇的楚辭，與《詩經》共同構成中國詩歌乃至整個中國文學的源頭，對後世影響極為深遠。

屈原是與楚王同姓的貴族，他早年受楚懷王賞識，任左徒、三閭大夫，常與懷王商討國家大事。他主張嚴明法度，選賢舉能，修明政治，聯齊抗秦。在屈原的努力下，楚國國力日漸強大。但由於其性格剛正不阿，不願與佞臣同流合汙，再加上楚懷王的寵妃鄭袖、令尹子蘭、上官大夫靳尚等人的惡意誣陷，屈原逐漸被楚懷王疏遠。西元前三〇五年，屈原反對楚懷王與秦國訂立盟約，被楚懷王逐出郢都，開始了流放生活。後來楚懷王被秦國誘去囚禁起來，最終死在了秦國。楚頃襄王即位後，子蘭唆使上官大夫

屈原

繼續誹謗屈原，頃襄王再次將屈原放逐。屈原輾轉流離在沅、湘一帶達九年之久。西元前二七八年，秦國大將白起帶兵南下，攻破了楚國國都，屈原的政治理想破滅，在絕望和悲憤之下投汨羅江而死。現在農曆五月初五的端午節，人們包粽子、賽龍舟，相傳就是為了紀念這位偉大的愛國詩人。

屈原傳世的作品有〈離騷〉、〈九歌〉（十一篇）、〈九章〉（九篇）、〈天問〉、〈招魂〉等。他的作品收錄在西漢劉向編輯的《楚辭》中。〈離騷〉是中國古代文學史上最長的抒情詩，也是一篇光耀千古的浪漫主義傑作，最能代表屈原詩歌的成就。其特點是想像大膽奇特，比喻形象生動，內容上融入了豐富的神話傳說和歷史故事，結構緊湊，曲折跌宕，變化多端。他創造的騷體詩，對後世詩歌、辭賦的創作影響極大；而他的作品中所展現的浪漫主義色彩和愛國主義精神，對李白、杜甫等後世文人的影響也是顯而易見的。

司馬相如

司馬相如（約西元前一七九至前一一八年），字長卿，蜀郡成都（今屬四川）人。他是漢代大賦的代表作家。

司馬相如少時好讀書、擊劍，景帝時為武騎常侍。後來他到梁國，結交了鄒陽、枚乘等辭賦家，並創作了〈子虛賦〉。後又歸蜀，結識商人卓王孫之女卓文君。卓文君為相如的才情所吸引，與他私奔到成都，以賣酒為生。司馬相如與卓文君兩人勇敢衝破封建思想的束縛，追求屬於自己的愛情，被後世所傳頌。

後來，漢武帝讀了司馬相如的〈子虛賦〉，大為讚賞，就召見了他。隨後他又為漢武帝作〈上林賦〉，漢武帝十分喜愛。後來他奉帝命出使西南，加強了朝廷同西南各少數民族的聯繫。這期間他創作了〈喻巴蜀檄〉、〈難蜀父老〉等文章。

司馬相如是漢賦的奠基人，也是漢賦四大家之一。同為漢賦四大家的揚雄讚嘆說：「長卿賦不似從人間來，其神化所至邪？」（〈答桓譚書〉）班固也稱讚說：「蔚為辭宗，賦頌之首。」（《漢書．敘傳》）宋代林艾軒、明代王世貞等學者則稱他為「賦之聖者」、「賦聖」。魯迅在《漢文學史綱要》中評價說：「武帝時文人，賦莫若司馬相如，文莫若司馬遷。」

司馬相如傳世的代表賦作有〈子虛賦〉、〈上林賦〉、〈大人賦〉、〈哀秦二世賦〉等；又有〈長門賦〉，相傳是陳皇后被漢武帝冷落後請司馬相如所作，今多認為是後人偽托司馬相如之名而作。其中〈子虛賦〉、〈上林賦〉最能代表相如賦之成就，它們確立了漢大賦「勸百諷一」的傳統和鋪張揚厲的體制，在賦史上有極重要的地位。

陶淵明

陶淵明（西元三六五至四二七年），一名潛，字元亮，潯陽柴桑（今江西九江）人，被後世稱為「靖節先生」。他是東晉末至南朝宋初期的偉大詩人、辭賦家，今存詩歌一百二十餘首、散文六篇、辭賦三篇。

陶淵明自幼學習儒家經典，頗有「佐君立業」的政治抱負。他曾做過祭酒、參軍等官職，後來任彭澤縣令時，因不堪官場黑暗，不願「為五斗米向鄉里小人折腰」，做官八十多天就棄官而去，歸隱田園。他有喜愛山水、熱愛自然之心，歸隱之後創作了許多反映田園生活的詩文，如〈歸園田居〉五首、〈飲酒〉二十首等。此後，他一面務農，「種豆南山下」，一面讀書，寫文章。後

陶淵明

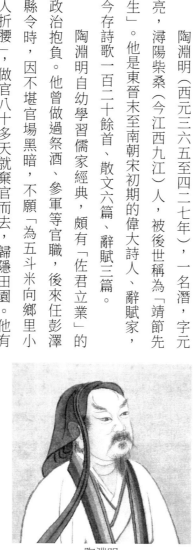

來，農田接連受災，房屋被燒燬，生活越來越拮据，他卻始終不願再做官，甚至連江州刺史送來的米肉也不接受。朝廷召他任著作郎，他也以病為由推辭。義熙十四年（西元四一八年），王弘為江州刺史，結交淵明。元嘉元年（西元四二四年），顏延之為始安太守，與淵明結為朋友。元嘉四年（西元四二七年），檀道濟去看他，贈以粱肉，並勸他出仕。陶淵明拒絕了檀道濟，也沒有收取他贈送的東西。同年，陶淵明病逝於潯陽。

陶淵明是第一位田園詩人，他開創了田園詩一體，為古代詩歌的發展開闢了新的境界，被譽為「古今隱逸詩人之宗」（鍾嶸《詩品》）。他的作品在內容上表現出對官場的厭倦，流露出潔身自好、不願與世俗同流合汙的志趣；在藝術上善於以白描及寫意手法勾勒景物、渲染環境，意境高遠又富含理趣；語言平淡自然，又極為精練。梁實秋說得好：「絢爛之極趨於平淡，但是那平不是平庸之平，那淡不是淡而無味之淡，那平淡乃是不露斧斫之痕的一種藝術韻味……」（《中國語文的三個階段》）陶淵明的詩，就具有這種平淡的藝術韻味。

謝靈運

謝靈運

謝靈運（西元三八五至四三三年），祖籍陳郡陽夏（今河南太康），世居會稽（今浙江紹興），東晉名將謝玄之孫。他是南朝宋時期的著名詩人，也是文學史上山水詩派的開創者。

謝靈運出生在當時最顯赫的謝氏家族，他少時聰慧非凡，博覽群書，十八歲襲封康樂公，故又被稱為「謝康樂」。他才華出眾，有濟世報國之心，但在朝並不得志，宋文帝對他「唯以文義見接，每侍上宴，談賞而已」（《宋書．謝靈運傳》）。曾任永嘉太守、臨川內史等職。他喜歡遊山玩水、探奇覽勝，製作出一種「上山則去前齒，下山去其後齒」的木鞋，後人稱之為「謝公屐」。元嘉十年（西元四三三年）被宋文帝以莫須有的罪名殺害，終年四十九歲。

謝靈運的詩歌大部分描繪的是奇山異水，有許多佳句受到後人的讚賞。如「池塘生春草，園柳變鳴禽」（〈登池上樓〉），寫出了春天的生機勃勃；「野曠沙岸淨，天高秋月明」（〈初去郡〉），描繪出秋色的空明高遠；「明月照積雪，朔風勁且哀」（〈歲暮〉），描摹冬天的烈風飛雪。

謝靈運大量創作山水詩，豐富和拓展了詩的境界，把山水的描寫從玄言詩中解脫出來，扭轉了詩風，確立了山水詩的地位。他的詩意境奇特，辭章華麗，對後世影響很大。

賀知章

賀知章（西元六五九至約七四四年），字季真，越州永興（今浙江蕭山）人。唐代著名詩人、書法家。

賀知章年少時就以文章知名，武則天證聖元年（西元六九五年）考中進士，授國子四門博士，後來工部尚書陸象先舉薦其為太常博士。開元十年（西元七二二年），兵部尚書張說任麗正殿修書使，上書請皇上恩準，賀知章等人進入書院編寫《六典》、《文纂》等書籍。後任太常少卿。開元十三年（西元七二五年），升為禮部侍郎，加官集賢院學士，又任太子賓客，銀青光祿大夫兼正授祕書監。年老棄官回鄉，終年八十餘歲。

賀知章性情曠達，風流倜儻，深受當時文人賢達的仰慕。他賞識李白的才華，與之成為忘年交。晚年不受禮法限制，自號「四明狂客」。因與張若虛、張旭、包融都是吳越之人，故並稱「吳中四士」。賀知章寫文章非常快，不用修改，一氣呵成且可圈可點。他的書法造詣也很深，尤其擅長草隸。

賀知章今存詩二十餘首，尤以絕句見長，一些寫景、詠懷的作品風格清新自然，頗有韻味。如〈回鄉偶書〉：「少小離家老大回，鄉音無改鬢毛衰。兒童相見不相識，笑問客從何處來。」內容樸實無華，極有生活情趣；語言不事雕琢，淳樸自然；抒發了久居在外，回鄉後物是人非的感慨，細細品來，意味深長。再如〈詠柳〉中「不知細葉誰裁出，二月春風似剪刀」兩句詩，把看不見、摸不著的春風寫得具體可感，比喻新穎奇特，是千古傳誦的名句。

張若虛

張若虛，唐代詩人，生卒年不詳，生於揚州（今屬江蘇），唐中宗神龍年間（西元七〇五至七〇七年）與賀知章、張旭、包融並稱為「吳中四士」。

張若虛的生平史載不詳，詩作也被長期埋沒，至今僅存〈春江花月夜〉、〈代答閨夢還〉兩首。當時文壇受六朝時期柔靡之風的影響，詩作大都帶有宮體詩濃脂豔粉的氣息。從張若虛僅存的兩首詩來看，他的詩風既受宮體詩的影響（如〈代答閨夢還〉），又能突破宮體詩之束縛，創造出清麗明朗的意境，並融入對宇宙、人生的思考（如〈春江花月夜〉）。可以說，他的詩風上承齊梁，下開盛唐。特別是〈春江花月夜〉，一掃以往宮體詩所遺留的浮豔，成為傳誦千古的名篇。聞一多在〈宮體詩的自贖〉一文中指出，張若虛與陳子昂「分工合作，清除了盛唐的路」，並評價道：「張若虛的功績是無從估計的。」張若虛的詩作應該還有很多，可惜大多失傳。從唐代至元代，他的〈春江花月夜〉一詩幾乎沒有被人重視過。最早收錄〈春江花月夜〉的，是宋代郭茂倩的《樂府詩集》。最早提到張若虛及其詩的詩話，是明代胡應麟的《詩藪》。到了清代，有關唐詩的重要著作，大都收錄了張若虛的〈春江花月夜〉，有的還對此詩給予了很高的評論。也就是說，直至千年之後，他的詩作才被重視，〈春江花月夜〉才得以廣泛流傳。

陳子昂

陳子昂（西元六六一至七〇二年），字伯玉，梓州射洪（今四川射洪）人，初唐詩文革新的代表人物，曾任右拾遺，所以後世也稱他「陳拾遺」。

陳子昂年輕時家境比較富裕，他為人慷慨豪爽，仗義輕財。成年以後，陳子昂努力讀書，關心國計民生，希望能在政治上有所作為。唐睿宗文明元年（西元六八四年），二十四歲的陳子昂考中進士，被武則天賞識，做了麟臺正字，後擢升為右拾遺。他多次直言進諫，卻不被朝廷採納，反而被降職。這期間，他寫下了許多反映邊境人民疾苦的詩篇，也在詩中表達了報國無門的憤慨。三十八歲時，陳子昂辭官回到家鄉，後來遭到縣令段簡的迫害，冤死在獄中，年僅四十二歲。

陳子昂

在詩歌創作上，陳子昂針對初唐柔靡頹廢的詩風，主張恢復漢魏風骨。〈感遇〉三十八首正是展現這種改革精神的作品。這些詩有的譏諷現實、感慨世事；有的慨嘆身世、抒寫理想；有的是現實性很強的邊塞詩，讚揚愛國精神，同情百姓。他的詩風格質樸明朗，格調豪壯激越，既有現實主義的內容，又有浪漫主義的抒情，一掃當時文壇萎靡不振的纖弱之氣，開創了唐詩針砭時弊、感懷身世、抒發抱負、征戰邊塞的新境界，為初唐詩風的轉變做出了重大貢獻，對張九齡、李白、杜甫、韓愈等都有重大影響。

〈登幽州臺歌〉是陳子昂的代表作。在詩中，他將生不逢時、理想無法實現的痛苦和悲哀抒寫得淋漓盡致。他的處境無法改變，苦悶無處訴說，讓這首詩的情緒顯得相當孤寂，也讓他在當時乃至後世得到無數讀者的同情和敬仰。同時期的詩人盧藏用說這首詩「時人莫不知也」（《陳氏別傳》），可見其當時的影響。

孟浩然

孟浩然（西元六八九至七四〇年），唐代著名的山水田園派詩人，襄陽（今湖北襄陽）人，世稱「孟襄陽」。

孟浩然生於盛唐時期，早年就有濟世之心。二十五至三十五歲，他在長江流域漫遊，以詩會友，廣泛結交名流，以期有踏入仕途之機。開元十五年（西元七二七年），孟浩然第一次趕赴長安參加科舉考試，不中；他仍留在長安，希望能憑藉賦詩得到賞識。在仕途困頓、痛苦失望後，他曾隱居鹿門山。開元二十五年（西元七三七年），張九齡任荊州長史，將其招致幕府，但不久後他就返回故居。

他的詩題材較單一，多寫隱居、山水田園等閒情逸致和羈旅情思；形式上以五言短篇居多。他與王維齊名，並稱「王孟」。其詩雖不如王維的詩題材廣闊、意境深遠，但在藝術上也有獨到之處。如〈秋登萬山寄張五〉、〈夜歸鹿門歌〉、〈夏日南亭懷辛大〉、〈宿建德江〉、〈過故人莊〉、〈春曉〉等篇，清淡自然，不事雕飾。他善於發現自然和生活之美，寫出自己真切的情感。如〈過故人莊〉：「故人具雞黍，邀我至田家。綠樹村邊合，青山郭外斜。開軒面場圃，把酒話桑麻。待到重陽日，還來就菊花。」

孟浩然是唐代第一位大量創作山水田園詩的詩人。其詩更多地抒發個人情懷，擺脫了應制詠物的狹隘境界，為開元詩壇注入了新的活力，並博得世人的傾慕。

王昌齡

王昌齡（約西元六九八至七五七年），字少伯，長安（今陝西西安）人，盛唐時期的著名詩人，尤擅七絕，被譽為「七絕聖手」。

王昌齡早年家境貧寒，以耕種為生，年近四十才中進士。他初任祕書省校書郎一職，後貶為龍標尉，被後世稱為「王龍標」。開元二十二年（西元七三四年），王昌齡進博學鴻詞科，改任汜水縣尉，後因事被貶至嶺南。

開元二十八年（西元七四〇年），王昌齡北歸，游襄陽。此後，他結識了孟浩然、李白、岑參、高適、王維、王之渙等著名詩人。豐富的經歷及廣泛的交友，對他的創作有積極的影響。他寫出了大量的傳世之作，名噪一時，被譽為「詩家夫子」。

王昌齡今存詩一百七十餘首，以三類題材居多，即邊塞、閨情宮怨和送別，其中尤以邊塞詩最出名。他常用樂府舊題來抒寫戰士建功立業和思念家鄉的心情，蘊含了詩人對大眾的深切關懷，展現了詩人博大的胸襟；他善於捕捉典型的景物，以景喻情，情景交融；他的邊塞詩格調高昂，氣勢雄渾，充滿了奮發向上的精神，深受後人喜愛和推崇。他多用七絕來寫邊塞題材，這與岑參、高適多用古體不同。其邊塞詩的代表作有〈出塞二首·其一〉（被推為唐人七絕的壓卷之作）、〈從軍行七首·其四〉等。另外，閨情宮怨題材的〈閨怨〉、〈長信秋詞五首·其三〉，送別題材的〈芙蓉樓送辛漸〉等，也是千古傳誦的名篇。

王維

王維（西元七〇一至七六一年），字摩詰，祖籍太原祁縣（今山西祁縣），其父遷居河東蒲州（今山西永濟），遂為河東人。他是唐代著名的詩人、畫家，今存詩四百餘首。

開元九年（西元七二一年），王維中進士，任太樂丞，因伶人舞黃獅子受累，被貶為濟州司倉參軍。開元二十三年（西元七三五年），擢為右拾遺，次年遷監察御史，後奉命出塞，為涼州河西節度幕判官。此後，王維處於半官半隱居的狀態。安史之亂中，王維被賊軍捕獲，被迫當了偽官，戰亂平息後下獄。因被叛軍所俘時曾作〈凝碧池〉，抒發亡國之痛和思念天子之情，又因其弟王縉平叛有功，懇請將其官職等換其兄性命，王維才得免於難，僅受貶官處分。終至尚書右丞之職，世稱「王右丞」。

王維

王維少有大志，期望能有所成就，但後來政局腐敗動盪，他意志逐漸消沉，四十多歲時隱居終南山，過上了半官半隱的生活。這一時期的隱居生活在〈輞川閒居贈裴秀才迪〉詩中有所展現：「寒山轉蒼翠，秋水日潺湲。倚杖柴門外，臨風聽暮蟬。渡頭餘落日，墟裡上孤煙。復值接輿醉，狂歌五柳前。」詩中寫景自然清新，不刻意鋪陳而自現淡遠之境，大有陶淵明田園詩之遺風。

王維通曉音樂、書畫、佛學，善以樂理、畫理、禪理融於詩歌創作之中，創造出一種詩、畫、禪交融的意境，被世人所稱讚。蘇軾曾評價：「味摩詰之詩，詩中有畫；觀摩詰之畫，畫中有詩。」（〈書摩詰藍田煙雨圖〉）

王維在詩歌上的成就是多方面的，無論是邊塞詩還是山水詩，無論是古體詩還是近體詩，都有許多膾炙人口的佳作。代表作有〈送元二使安西〉、〈使至塞上〉、〈山居秋暝〉、〈鳥鳴澗〉、〈鹿柴〉、〈竹裡館〉、〈九月九日憶山東兄弟〉、〈觀獵〉、〈老將行〉、〈桃源行〉等。

「詩仙」李白

李白（西元七〇一至七六二年），字太白，號青蓮居士，唐代偉大的浪漫主義詩人，有「謫仙人」、「詩仙」之美譽，與杜甫並稱「李杜」。李白祖籍隴西成紀（今甘肅靜寧西南），隋末其先人流寓碎葉（今吉爾吉斯北部托克馬克附近），幼時隨父遷居綿州昌隆（今四川江油）青蓮鄉。他早年聰慧，十五歲已賦詩多首，又好劍術，喜任俠。二十四歲出蜀，「仗劍去國，辭親遠遊」（〈上安州裴長史書〉）。三十歲前往長安，曾謁見多位王公大臣，均無所獲。天寶初供奉翰林，因遭權貴讒毀，僅一年餘即離開長安。安史之亂中，他曾為永王璘幕僚。因璘兵敗於丹陽，李白受到牽連，被捕入潯陽獄中，終被判罪流放夜郎，中途遇到大赦，獲得自由。他晚年投奔族叔當塗縣令李陽冰，後死於當塗，終年六十二歲。

李白

李白的歌行、樂府及絕句成就最高。他的歌行體完全打破了以往詩歌的固有形式，達到了隨性而為、變化多端、搖曳多姿的神奇境界。他的樂府詩借古題寫現實，具有鮮明的時代精神，在體制和格調方面有著突出的個性。他的絕句瀟灑飄逸、自然明快，以簡潔的語言表達出無盡的情感，令人回味無窮。

李白的詩從古代神話和民歌中汲取營養，運用比喻、擬人、想像、誇張等手法，整體風格飄逸清新、豪邁奔放、想像奇特，富有浪漫主義精神，具有「驚風雨，泣鬼神」的藝術魅力；善於表現主觀感受，感情強烈，有排山倒海之勢，達到了內容與形式的和諧統一。

李白古體詩的代表作有〈蜀道難〉、〈夢遊天姥吟留別〉、〈廬山謠寄盧侍御虛舟〉、〈行路難〉、〈將進酒〉、〈宣州謝朓樓餞別校書叔雲〉、〈月下獨酌〉、〈長干行〉、〈子夜吳歌〉等，近體詩代表作有〈早發白帝城〉、〈望廬山瀑布〉、〈望天門山〉、〈贈汪倫〉、〈黃鶴樓送孟浩然之廣陵〉、〈峨眉山月歌〉、〈送友人〉等。他的詩歌達到了中國古代浪漫主義文學的巔峰，為唐詩的繁榮與發展開闢了新天地。中唐的孟郊、韓愈、李賀，宋代的蘇軾、陸游、辛棄疾，明清的高啟、楊慎、龔自珍等著名詩人，在詩歌創作上都受到李白詩歌的影響。

高適

高適（約西元七〇〇至七六五年），字達夫，渤海蓨（今河北景縣）人。他是唐代著名的邊塞詩人，與岑參齊名，並稱「高岑」，又與岑參、王之渙、王昌齡合稱「邊塞四詩人」。曾任散騎常侍，世稱「高常侍」，有《高常侍集》傳世。

高適二十歲時到過長安，遊歷過梁宋，後定居在宋城（今河南商丘）。二十八歲至三十五歲，他一直居於宋中，過著寫詩、求仕的生活，其間到過魏郡、楚地等，又曾旅居東平等地。這一時期他寫出了大量的著名詩歌。四十六歲時，高適中舉做官，授封丘尉，後又任左拾遺、監察御史、彭州刺史、劍南節度使、刑部侍郎等職；五十三歲時曾為淮南節度使，討伐永王麟；五十四歲時參與討伐安祿山叛軍，解救了睢陽；永泰元年（西元七六五年），高適病逝。

高適的詩歌題材廣泛，其中以邊塞詩、詠懷詩最為著名。他有很多邊塞詩歌頌了邊疆將士戍守邊關、奮勇殺敵的豪情壯志，並流露出憂國憂民的情懷，最著名的是〈塞下曲〉、〈燕歌行〉、〈塞上〉；有的詩歌真實地反映了人民的疾苦，揭露了社會的腐朽和黑暗；有的詩歌表達了自己壯志難酬、懷才不遇的憤懣之情。這些作品主題都比較深刻。

總的來看，高適的詩歌洋溢著積極樂觀、奮發向上的精神；其語言乾淨明快、樸實自然，不加任何修飾；筆力豪健，具有「雄渾奔放」的藝術特點。

「詩聖」杜甫

杜甫（西元七一二至七七〇年），字子美，出生於河南鞏縣（今河南鞏義）。自號少陵野老，人稱「杜少陵」、「杜工部」等。他是唐代偉大的現實主義詩人，被稱為「詩聖」；其詩歌由於反映了安史之亂的歷史，被稱為「詩史」。他與李白齊名，合稱「李杜」；為了與晚唐詩人杜牧區別，他也被稱為「老杜」。

杜甫

杜甫的一生可以分為三個時期。

第一個時期是青年時期。這時的杜甫有政治理想與抱負，漫遊吳越等地數載，看遍祖國河山，寫下〈望岳〉等詩篇，並結識了高適、李白等詩人；後到長安參加科舉考試，但榜上無名。他困守長安十年有餘，後任右衛率府胄曹參軍一職。

第二個時期是安史之亂爆發以後。這一時期詩人過著顛沛流離的生活。當時肅宗即位於靈武（今寧夏靈武），他前去投奔，途中不幸為叛軍所俘，被押至長安。後來他冒險逃出長安，到鳳翔（今陝西寶雞）投奔肅宗，做了左拾遺，但很快因上書直諫被貶華州。這一時期他歷盡艱險，並目睹國破家亡之慘象，寫下了許多感時傷懷的現實主義詩篇。如〈春望〉、〈哀江頭〉、〈羌村〉、〈北征〉、〈洗兵馬〉和「三吏」、「三別」。

第三個時期是晚年在西南漂泊的時期。杜甫棄官，在四川、湖北、湖南一帶漂泊十餘年，其間曾在成都定居。這一時期，他漂泊無定，生活困窘。大曆五年（西元七七〇年），杜甫病死在由長沙到岳陽的一條小船上。和以往相比，他這時的詩歌抒情性更強，形式也更多樣化，留下了〈登高〉、〈茅屋為秋風所破歌〉、〈聞官軍收河南河北〉、〈登岳陽樓〉、〈蜀相〉、〈秋興〉等不朽的傑作。

杜甫留下來的一千四百多首詩，反映了唐朝由盛到衰的社會現實，記錄了戰亂中勞動人民悲慘的生活。這些詩歌，有「安得廣廈千萬間，大庇天下寒士俱歡顏」的濟世情懷，有對統治者「朱門酒肉臭，路有凍死骨」的控訴，有「感時花濺淚，恨別鳥驚心」的憂國憂民之情懷。郭沫若稱讚他：「世上瘡痍，詩中聖哲；民間疾苦，筆底波瀾。」

杜甫的詩不僅在內容上具有深刻的哲思，而且在形式上達到了爐火純青的境界，尤其是在律詩和古體詩的寫作方面。其詩具有「沉鬱頓挫」的藝術風格；善於用對話、獨白的形式，描摹畫面；語言精練，格律嚴謹。杜甫與李白是中國古代詩歌史上的兩座高峰。韓愈說得好：「李杜文章在，光焰萬丈長。」

岑參

岑參（西元七一五至七七〇年），南陽（今河南南陽）人，唐代邊塞詩人，與高適並稱「高岑」。

岑參的曾祖、伯祖、伯父都以文墨見長，在朝廷為官。父岑植，曾任晉州刺史。岑參早年喪父，家境貧寒。他十分聰慧，又勤奮苦讀，得以博覽群書。二十歲時，他到長安求仕，不成功，奔走京洛一帶。天寶三載（西元七四四年）考中進士，任右內率府兵曹參軍。他心中懷有一腔報國的雄心壯志，曾經兩次隨軍出塞，想在戎馬生涯中實現自己的理想和抱負。他的大多數邊塞詩就在此期間寫成。然而他並未如願，由於得罪權佞，被貶官職，之後又被罷官。他壯志未酬，鬱鬱不得志，大曆五年（西元七七〇年）死於成都。

岑參現存詩約三百六十首，有《岑嘉州集》流傳於世。他的詩歌涉及題材廣泛，其中以邊塞詩數量最多，也最為著名。他的邊塞詩主要內容是透過描寫壯麗的大漠風光和豐富多彩的邊塞生活，表達將士的愛國之志和不怕艱難的樂觀主義精神；藝術上豪邁奔放，氣勢宏大，想像豐富，比喻誇張奇特，創意新鮮，形成了「雄奇瑰麗」的藝術特點。代表作是七言歌行體〈白雪歌送武判官歸京〉。

韓愈

韓愈（西元七六八至八二四年），字退之，河陽（今河南孟州）人，自稱「郡望昌黎」，世稱「韓昌黎」、「昌黎先生」。他是唐代傑出的文學家、思想家和政治家。

二十五歲時，韓愈考中進士，二十九歲步入仕途。他有積極的政治態度，也有不俗的政治功績，但仕途屢受挫折。後因諫迎佛骨一事觸怒唐憲宗，他被貶至潮州（今廣東潮州）。晚年官至吏部侍郎，人稱「韓吏部」。長慶四年（西元八二四年），韓愈病逝，諡號「文」，所以後人又稱他「韓文公」。有《韓昌黎集》傳世。

韓愈

他是唐代古文運動的倡導者，被後人尊為「唐宋八大家」之首，有「文章巨公」和「百代文宗」之美名；杜牧將韓愈的散文與杜甫的詩歌並列，稱為「杜詩韓筆」；蘇軾則讚他「文起八代之衰」。他提出的「文以載道」、「氣盛言宜」、「務去陳言」、「文從字順」等散文的寫作理論，很有指導意義。

韓愈在散文創作中自覺踐行自己的理論。其文章內容豐富，形式多樣。他的文章直出胸臆，觀點鮮明，說理透徹，邏輯性強，有內容，有深度，有力量。〈諫迎佛骨表〉、〈御史臺上論天旱人飢狀〉、〈論淮西事宜狀〉等奏疏，〈師說〉、〈原毀〉、〈進學解〉、〈送李愿歸盤谷序〉等雜文，都具有這樣的特點。他的敘事文具有很高的文學性，如〈張中丞傳後序〉敘事繪聲繪色，塑造了飽滿的人物形象。他的抒情散文也很成功，〈祭十二郎文〉被明代茅坤譽為「祭文中千年絕調」。即使是「公式化」的碑誌文，他也有〈柳子厚墓誌銘〉這樣的名篇傳世。韓愈的散文整體風格雄奇奔放、富於變化而又明快流暢。他在語言的運用上極具創造性，其散文詞彙豐富，語言準確而生動，句式靈活多變。他散文裡的許多詞彙，現已成為人們常說的成語，比如動輒得咎、搖尾乞憐、不平則鳴、雜亂無章、落井下石等。

韓愈還是中唐詩壇上成就較高、影響較大的詩人。他把古文的語言、章法、技巧引入詩中，增強了詩的表達能力，擴大了詩的表現領域。他的詩力求新奇，重氣勢，有獨創之功，糾正了大曆以來的平庸詩風。代表作有〈八月十五夜贈張功曹〉、〈山石〉、〈左遷至藍關示姪孫湘〉、〈早春呈水部張十八員外〉等。

劉禹錫

劉禹錫（西元七七二至八四二年），字夢得，洛陽（今河南洛陽）人，唐代著名文學家、哲學家，有「詩豪」之稱。

劉禹錫青少年時期學習勤奮，研習儒家經典，並在名師的指點下學習作詩。貞元九年（西元七九三年），他透過科舉考試博得功名。曾任監察御史，結交了柳宗元和韓愈。後與柳宗元一同參加了王叔文的政治改革，改革失敗後，王叔文被賜死，劉禹錫則被貶朗州司馬等官職，在外地二十多年。晚年遷太子賓客。會昌二年（西元八四二年）病逝於洛陽，終年七十一歲。

劉禹錫的仕途大部分是在貶謫中度過的，而在貶謫期間他寫了不少傳世之作，如〈再游玄都觀絕句〉、〈秋詞〉、〈竹枝詞〉、〈楊柳枝詞〉、〈西塞山懷古〉等。尤其是他的七言律詩〈酬樂天揚州初逢席上見贈〉：「巴山楚水淒涼地，二十三年棄置身。懷舊空吟聞笛賦，到鄉翻似爛柯人。沉舟側畔千帆過，病樹前頭萬木春。今日聽君歌一曲，暫憑杯酒長精神。」二十三年的貶官生活並沒有消磨掉劉禹錫的鬥志，反而練就了他豁達的心胸和積極樂觀精神。他在詩中表達了相信一切困難都會過去的信心和新事物必將取代舊事物的哲理，讀來讓人振奮。他的〈秋詞〉一詩，感情更為明朗：「自古逢秋悲寂寥，我言秋日勝春朝。晴空一鶴排雲上，便引詩情到碧霄。」這首詩一改以往文人對秋天蕭條、淒涼景象的描繪，直接讚美了秋天的美好，充滿樂觀主義精神。一個半生被貶謫的詩人，能有這樣豁達的心胸，實在讓人敬佩！

劉禹錫的詩歌，常常表現出樂觀、奮發的精神，給人啟示和力量。其語言質樸清新，簡潔明朗，散發著濃郁的生活氣息。

白居易

白居易（西元七七二至八四六年），字樂天，號香山居士，祖籍太原（今山西太原），唐代著名的現實主義詩人。有《白氏長慶集》傳世。

白居易生於一個中小官宦之家，從小聰慧好學。他透過科舉考試入仕，曾任翰林學士、左拾遺等職，後被貶為江州（今江西九江）司馬，此間寫下了著名的詩篇〈琵琶行〉。後來又先後為杭州、蘇州刺史。在任杭州刺史時，他修築杭州堤防（西湖白堤就是他修建的），疏通河道，有非凡的政績，深受百姓愛戴；任蘇州刺史時，他開鑿了一條西起虎丘，東至閶門的山塘河，極大地發展了蘇州的水路交通。之後，他又任長安祕書監、太子賓客、河南尹、刑部尚書等職。晚年篤信佛教，七十五歲於洛陽去世。

白居易

白居易的詩歌現存三千餘首，是唐代詩人中創作最多的一位。總的來說，他的詩題材豐富，形式多變，語言樸素、通俗，具有強烈的現實性。白居易曾將自己五十一歲前寫的一千三百多首詩分為諷喻、閒適、感傷、雜律四大類，其中諷喻詩最有價值。如〈新樂府〉五十首、〈秦中吟〉十首，都是詩人有計劃地反映現實的傑作。詩人以銳利的眼光看透了社會的黑暗與腐朽，揭露了統治者的荒淫無恥，反映了勞動人民的疾苦，表達了對勞動人民的深切同情。〈新樂府〉五十首中的〈上陽白髮人〉、〈紅線毯〉、〈杜陵叟〉、〈賣炭翁〉，〈秦中吟〉十首中的〈買花〉、〈輕肥〉，以及〈觀刈麥〉等詩篇，都是廣為傳誦的現實主義詩歌名篇。最能代表白居易藝術成就的詩篇，則是長篇敘事詩〈琵琶行〉和〈長恨歌〉。〈琵琶行〉音韻和諧，感情真摯，寫出了琵琶女的命運，反映了社會的冷酷無情，唱出了「同是天涯淪落人，相逢何必曾相識」的感慨，催人淚下。〈長恨歌〉根據唐玄宗與楊貴妃的故事改編，詩歌語言凝練，形象鮮明，淒美婉轉，跌宕起伏，有對「漢皇重色思傾國」的諷刺，也有對「此恨綿綿無絕期」的同情和感慨。

李賀

李賀（西元七九〇至八一六年），字長吉，河南昌谷（今河南宜陽）人，後人稱「李昌谷」。他是中唐頗具盛名的浪漫主義詩人，有《昌谷集》傳世。

李賀小時候家道敗落，生活不富裕。他身體不好，形體瘦弱，但才思敏捷，七歲能作詩，瞬間即成。他學習勤奮，受到韓愈、皇甫湜等人的青睞。韓愈鼓勵李賀應試。但因李賀父親名「晉肅」，「晉」與「進」犯「嫌名」，所以李賀無法參加進士考試。此事對他打擊很大，他為此寫過不少憤世嫉俗的詩。在韓愈的推薦下，李賀做了九品小官奉禮郎，這時期寫了六十多首詩歌，奠定了他在文學史上的地位。他做了三年奉禮郎就辭官回家，在潞州張徹的推薦下，又做了三年的幕僚。因為體弱多病，又鬱鬱不得志，李賀在二十七歲時就病逝了。

李賀是繼屈原、李白之後，中國文學史上又一位才華橫溢的浪漫主義詩人，也是中唐到晚唐文風轉變期最有成就的詩人之一。《楚辭》、古樂府、齊梁宮體詩及李杜、韓愈的詩對其影響很大。

因一生經歷坎坷，他所寫的詩內容很多是感慨生不逢時的苦悶之情，對當時黑暗的社會有清醒的認識，對藩鎮割據、宦官當道的現象做了有力的抨擊，對百姓的苦難生活寄予了極大同情。

李賀的詩具有豐富的想像力，經常運用神話故事托物言志，在鬼魅世界裡縱觀古今、嘲諷世事，因此後人常稱他為「詩鬼」。其詩歌語言精練，瑰麗峭拔，有許多名言警句流傳下來。代表作有〈雁門太守行〉、〈李憑箜篌引〉、〈馬詩〉、〈致酒行〉、〈金銅仙人辭漢歌〉、〈夢天〉等。後世的杜牧、李商隱、溫庭筠、周邦彥、文天祥、湯顯祖、曹雪芹等文學家的作品，都受到李賀詩歌的影響。

杜牧

杜牧（西元八〇三至八五三年），字牧之，號樊川居士，京兆萬年（今陝西西安）人，晚唐傑出的詩人、散文家。因晚年居住在長安南樊川別墅，所以後人稱「杜樊川」，有《樊川文集》傳世。為了和杜甫區別，人稱「小杜」。因在家族中排行十三，也被稱為「杜十三」。

杜牧才華橫溢，二十歲時博通經史，關注軍事，寫過十三篇《孫子兵法》注解；二十三歲寫出〈阿房宮賦〉；二十五歲時，杜牧寫了長篇五言古詩〈感懷詩〉，名聲大作；二十六歲中進士，授弘文館校書郎，後歷任監察御史、宣州團練判官、膳部員外郎、比部員外郎、司勳員外郎、杭州刺史、湖州刺史等職。

杜牧

杜牧是晚唐傑出的詩人，在古詩、絕句、律詩的創作上均卓有成就。其古詩受杜甫、韓愈的影響較大，題材豐富，筆力俊俏，清新婉轉，別有意韻。代表作〈感懷詩〉、〈杜秋娘詩〉、〈李甘詩〉、〈雪中書懷〉、〈洛中送冀處士東遊〉、〈題池州弄水亭〉等，均是敘事、抒情、議論於一體，風格淳厚古樸，豪放明朗。其絕句〈山行〉、〈秋夕〉、〈赤壁〉、〈清明〉、〈泊秦淮〉、〈江南春〉等，或寫景，或弔古，或感懷，構思新穎，意境優美，韻味雋永。七律〈早雁〉使用比興的手法，對遭受回紇侵擾而家破人亡的北方邊塞百姓寄予深切的同情；〈九日齊山登高〉則以豪放的筆調表達自己曠達的心胸，格調深沉。當代有學者將杜牧詩歌的藝術特點總結為「豪爽健朗的形象美」、「強烈、坦蕩的詩情美」、「清新明潔的意境美」（王西平、張田《杜牧詩歌藝術美淺析》）。

杜牧在文、賦創作方面也有很高的成就。尤其是他的〈阿房宮賦〉，駢散相間，錯落有致，音律和諧；運用比喻、誇張的手法，鋪陳渲染；總結秦朝滅亡的原因，委婉地勸諫唐朝統治者，要以史為鑑，不要重蹈覆轍。這實在是賦中之絕品。

溫庭筠

溫庭筠（西元?至八六六年），本名岐，字飛卿，太原祁（今山西祁縣）人，晚唐時期著名的詩人、詞人。

溫庭筠才華橫溢，應考時按官方規定之韻作賦，叉手八次即成八韻，所以有「溫八叉」之稱。但他寫文章好譏諷權貴，多犯忌諱，所以屢次考進士均未中，一生鬱鬱不得志。

溫庭筠的主要成就在作詞方面。他留下六十多首詞，是唐代寫詞最多、對後世影響也最大的作家。他的詞風格豔麗、題材狹窄，多寫閨情及個人際遇，直接影響了花間詞派的形成，被稱為「花間鼻祖」。他精通音律，又善於創造詞的意境，因此他的詞藝術成就較高，對推動詞的發展貢獻較大。小令〈望江南〉是他的代表作：「梳洗罷，獨倚望江樓。過盡千帆皆不是，斜暉脈脈水悠悠，腸斷白蘋洲。」這首詞感情真摯，畫面立體，語言凝練，意境深遠，成功地塑造了一個盼夫回家的思婦形象。寥寥二十七個字，表現出女子由希望到失望，最後絕望的內心變化過程，表達了女子的落寞和孤寂。人、景、情和諧地融為一體，言有盡而意無窮。

他的詩與李商隱齊名，人稱「溫李」，但無論是思想性還是藝術性，他的詩均不及李商隱。不過其中也有好的作品，比如〈商山早行〉。這首詩寫遊子的孤寂和思鄉之情，情景交融，含蓄有致，是寫羈旅之情的名篇，「雞聲茅店月，人跡板橋霜」成為千古名句。

李商隱

李商隱（約西元八一三至約八五八年），字義山，號玉溪生，又號樊南生，原籍懷州河內（今河南沁陽）。祖輩遷滎陽（今河南鄭州）。他是晚唐著名的詩人，與杜牧合稱「小李杜」。有《李義山詩集》。

李商隱

李商隱從小孤貧，曾替別人抄書以維持生計。他少有才華，十六歲寫了〈才論〉、〈聖論〉兩篇文論，受到文人士大夫的讚賞。十九歲因文才受「牛黨」太平軍節度使令狐楚的賞識，任幕府巡官。二十五歲應試中選。二十六歲在涇源節度使王茂元手下任書記。王茂元很欣賞李商隱的才華，招他為女婿。王茂元和李德裕關係很好，是「李黨」要員，李商隱因此受到「牛黨」的排擠。從此，他仕途受阻，在各藩鎮輾轉當幕僚。晚年妻子王氏去世，對其打擊很大，加上仕途升遷無望，他便罷職回到故鄉生活，直至病逝。

李商隱的詩受杜甫、李賀、韓愈等人的影響較大，具有很高的藝術成就。他最擅長寫七律，其七律融合杜甫詩的錘煉嚴謹、宮體詩的濃豔色彩、李賀詩的幻想象徵手法，形成了綺麗精工的獨特藝術風格。七律代表作有〈無題〉（「相見時難別亦難」）、〈無題〉（「昨夜星辰昨夜風」）、〈安定城樓〉、〈錦瑟〉等。他的一些絕句，如〈夜雨寄北〉、〈登樂游原〉、〈賈生〉等，也是廣為傳誦的名篇。

柳永

柳永（約西元九八七至約一〇五三年），原名三變，字耆卿，崇安（今福建武夷山）人。北宋詞人，婉約派代表人物。

柳永出身官宦之家，祖父柳崇、父親柳宜都曾在朝為官。他聰慧異常，很小就能寫詩文，如〈勸學文〉、〈題中峰寺〉等。但他幾次參加科舉考試，均榜上無名，直至暮年進士及第，做了睦州團練推官，後任餘杭縣令。又先後調任泗州判官、著作佐郎、西京靈臺山令、太常博士等職。皇祐五年（西元一〇五三年）在潤州

柳永

逝世。

柳永科舉不順，便醉心於市井生活，寄情於山水風月。他擅長詞曲，是宋代第一位專力寫詞的作家。

柳永對推動詞的發展具有重要的作用。他的詞更多地從市井生活和個人感受中攝取題材，大大開拓了詞的題材廣度。如〈望海潮．東南形勝〉描寫杭州都市的繁華和百姓的富足生活，〈八聲甘州．對瀟瀟暮雨灑江天〉抒寫漂泊江湖的愁苦，〈雨霖鈴．寒蟬淒切〉寫離情別緒，這些作品在題材的多樣、感情的真摯、境界的高遠等方面，都超越了前人。

柳永還創作或改造了許多新調。他現存二百餘首詞，用了一百三十餘種調。他大量創製慢詞，提高了詞的容量和表現力。在語言表達上，柳永詞也有創新之處。他在詞中加入了日常生活中的口語和俚語，變「雅」為「俗」，使人感到親切自然、曉暢明白。

柳永是對宋詞全面改革的詞人，蘇軾、黃庭堅、秦觀、周邦彥等著名詞人在寫作上都受到了他有益的影響。

晏殊

晏殊（西元九九一至一〇五五年），字同叔，臨川（今江西臨川）人。北宋著名文學家、政治家。

晏殊少年時以「神童」的身分被薦入朝，後來擔任過許多要職，官至仁宗朝宰相。仁宗至和二年（西元一〇五五年）病逝於京中，謚號元獻，世稱「晏元獻」。

為官期間，晏殊非常注重培養人才，重視書院的發展，曾邀范仲淹到應天府書院講學。任宰相時，他倡導州、縣辦學及改革教學內容，官學設置教授。從此以後，京師至郡縣，都設有官學。這就是有名的「慶歷興學」。他主張加強軍隊建設，訓練士兵以備戰時之用；清理宮中的財務，追回被強占的物資，充實了國庫。他做官唯賢是舉，范仲淹、孔道輔、王安石都曾是他的學生，還有許多文人名士都受過他的栽培。他時刻為國家著想，關心百姓疾苦，受到百官及百姓的愛戴。

晏殊是精通詩、詞、文、書法的全才，在文學史上成就卓越，其中以詞作影響最大，今存〈珠玉詞〉一百三十餘首。

晏殊的詞吸收了「花間派」的詞風，風格清麗典雅，音韻和諧，情調悠閒雅緻，或抒發抱負，或詠懷傷春，在柔美的情感中融入了圓融豁達的心境，是婉約詞的代表。代表作〈浣溪沙〉中的「無可奈何花落去，似曾相識燕歸來」、〈蝶戀花〉中的「昨夜西風凋碧樹。獨上高樓，望盡天涯路」及〈撼庭秋〉中的「念蘭堂紅燭，心長焰短，向人垂淚」等，都是千古名句。

蘇軾

蘇軾（西元一〇三七至一一〇一年），字子瞻，號東坡居士，眉州眉山（今四川眉山）人，北宋文學家、書畫家。

宋仁宗嘉祐二年（西元一〇五七年），蘇軾進士及第。神宗時期，蘇軾在鳳翔、杭州、密州、徐州、湖州等地任職。他在任期間，政治清明，深受百姓愛戴。元豐二年（西元一〇七九年），蘇軾因「烏臺詩案」被捕入獄，出獄後被貶到黃州任團練副使。哲宗即位後，蘇軾升任翰林學士、侍讀學

蘇軾

士、禮部尚書等職，後因抨擊舊黨，又被外放杭州、潁州等地，晚年被貶到惠州、儋州。徽宗即位時大赦天下，蘇軾被任為朝奉郎，可惜在北歸途中病逝，終年六十四歲。

蘇軾在仕途上起伏跌宕，經歷了「三起三落」，但他始終保持豁達、樂觀的心態，創作了許多「豪放派」的作品。

蘇軾在詩、詞、文、賦的創作方面都卓有成就，在書法和繪畫上造詣也很高，是中國文學藝術史上罕見的全才。就文學領域來說，蘇軾今存詩約三千首、詞三百餘首，還有大量的文、賦傳世，對詩、詞和散文的發展均產生了重大的影響，代表了北宋文學的最高成就。代表作有詩歌〈游金山寺〉、〈有美堂暴雨〉、〈題西林壁〉、〈飲湖上初晴後雨〉、〈惠崇春江晚景〉、〈和子由澠池懷舊〉，詞作〈念奴嬌．赤壁懷古〉、〈水調歌頭．明月幾時有〉、〈江城子．密州出獵〉，散文〈石鐘山記〉、〈記承天寺夜遊〉，賦作〈赤壁賦〉等。蘇軾的詩題材廣泛，風格多樣，語言清新暢達；其中數量最多、對後世影響最大的是抒發個人情感和歌詠自然景物的詩篇。他的詞衝破了離愁別緒和男歡女愛的狹窄內容，掃蕩了晚唐以來詞壇的柔靡頹廢之風氣，開創了大氣磅礡、曠達豪邁之風格，與辛棄疾並稱「蘇辛」；他也有一些婉約詞，大都格調高遠。他的書札、雜說、雜記等散文作品清新自然，隨意揮灑，收放自如；議論文縱橫捭闔，文采飛揚，說理透徹，深入淺出。由於在散文創作方面的突出成就，他被列入「唐宋八大家」，又與歐陽脩並稱「歐蘇」，是歐陽脩之後北宋文壇的領袖。

周邦彥

周邦彥（西元一〇五六至一一二一年），字美成，號清真居士，錢塘（今浙江杭州）人，北宋末期詞人。有《清真集》傳世。

少年時的周邦彥潦倒失意，但特別喜歡讀書。宋神宗時，他寫的一篇《汴都賦》受到讚賞，被提升為太學正，在太學任教。後歷任廬州教授、溧水知縣、徽猷閣待制等職。宋徽宗時提舉大晟府（管理音樂的機構），負責譜制詞曲，供奉朝廷。

周邦彥精通音律，創作了不少新的詞調，如〈拜新月慢〉、〈荔枝香近〉、〈玲瓏四犯〉等。現存詞有二百餘首，多寫男女之情、羈旅之思，題材較窄，格調不高。但是他在作詞的藝術創新上堪稱一絕。他的詞善於鋪陳敘事，結構曲折跌宕；語言華美典雅，格律嚴謹。他繼承並發展了柳永的慢詞，在描寫人物性格和心理上也有創新。如著名的〈蘇幕遮〉：「燎沉香，消溽暑。鳥雀呼晴，侵曉窺簷語。葉上初陽乾宿雨，水面清圓，一一風荷舉。故鄉遙，何日去？家住吳門，久作長安旅。五月漁郎相憶否？小楫輕舟，夢入芙蓉浦。」這首詞有清新雋永的格調和淡雅高遠的意境，表達了詞人的思鄉之情，成為傳世名篇。

周邦彥是婉約派的集大成者和格律派的開創者。他善於借物抒情，描繪具體細膩，又善於化用別人的詩句，語言精練工整。他把柳永的鋪敘手法發揚光大，又繼承了秦觀詞的柔美、婉約，形成了自己獨特的精巧典雅之風格。他的詞影響很大，有「詞家之冠」、「詞中老杜」之美譽。

李清照

李清照（西元一〇八四至約一一五一年），號易安居士，齊州章丘（今山東濟南）人。她是兩宋之交的著名女詞人，婉約詞派的代表人物。現有《漱玉詞》輯本，存詞七十餘首。

李清照生於書香世家，父親李格非出身進士，

李清照

官至禮部員外郎，飽讀詩書。在家庭薰陶下，她詩詞、散文、書法、繪畫、音樂無不精通。十八歲嫁給太學生趙明誠。趙明誠是金石家，李清照婚後與丈夫共同致力於書畫、金石的蒐集整理，夫妻恩愛，家庭生活幸福美滿。所以，早期她的詩詞大多描寫悠閒自在的生活，畫面優美，格調清新，如〈如夢令〉：「常記溪亭日暮，沉醉不知歸路。興盡晚回舟，誤入藕花深處。爭渡，爭渡，驚起一灘鷗鷺。」〈一剪梅〉：「紅藕香殘玉簟秋。輕解羅裳，獨上蘭舟。雲中誰寄錦書來？雁字回時，月滿西樓。花自飄零水自流，一種相思，兩處閒愁。此情無計可消除，才下眉頭，卻上心頭。」金兵入侵中原後，李清照與丈夫流落南方，生活貧困。丈夫病逝後，她更是無依無靠，與丈夫收集的金石書畫也全部流失。她深受打擊，痛苦不堪。這時，她寫作的風格發生了很大的變化，感情基調淒婉沉鬱，多慨嘆命運多舛，抒寫國破家亡之悲。這一時期的代表作有〈聲聲慢．尋尋覓覓〉、〈永遇樂．落日熔金〉等。

李清照的詞在藝術上達到了爐火純青的地步，在詞壇中別樹一幟，被稱為「易安體」。詞風通俗質樸、清新典雅；善於採用白描的手法，描寫細膩；又常借景抒情，表達自己豐富的情感；用典自然，全無雕飾之痕跡；語言凝練而靈動，音律和諧而節奏感強，意境深邃高遠，細細品來，韻味無窮。她雖然是婉約派詞人，但作品中也不時流露出英雄氣概和浪漫主義精神，如〈漁家傲・天接雲濤連曉霧〉中「九萬里風鵬正舉，風休住，蓬舟吹取三山去」幾句，再如詩歌〈夏日絕句〉：「生當作人杰，死亦為鬼雄。至今思項羽，不肯過江東。」其豪邁奔放的風格，對辛棄疾、陸游等作家都有一定的影響。

陸游

陸游（西元一一二五至一二一〇年），字務觀，號放翁，越州山陰（今浙江紹興）人，南宋詩人、詞人。今存詩九千多首、詞一百餘首。他與王安石、蘇軾、黃庭堅並稱「宋代四大詩人」，又與楊萬里、范成大、尤袤合稱「南宋四大家」。作品集有《劍南詩稿》、《渭南文集》等。

陸游自幼勤奮好學，十二歲就能寫文章。他生活的時代正是宋朝腐敗不堪、金人屢次進犯之時，這使他從小就立下報國之志。

陸游

紹興二十三年（西元一一五三年），陸游考中進士，名列第一，但因多次考試均排在秦檜的孫子秦塤之前，竟被秦檜除名。秦檜死後，他才任職福州寧德縣主簿，從此走上仕途。他先後在多地做官，關心百姓疾苦，受到百姓愛戴，但屢次被罷職。他曾身臨前線，親身體驗戰鬥生活，這對他的詩歌創作影響很大。

大概六十六歲之後，陸游長期居住在山陰老家。這一時期他多少有參與農事，與農民有一些往來。所以他晚年寫了大量的反映農村生活和描寫田園風光的詩。嘉定二年（西元一二一〇年），八十五歲的陸游在家鄉去世。

陸游在政治上一貫主張抗金和收復中原。他嚮往馳騁疆場、殺敵報國的生活，〈十一月四日風雨大作〉、〈示兒〉、〈書憤〉、〈關山月〉、〈訴衷情〉等詩詞，慷慨激昂，雄渾悲壯，抒發了自己的豪情壯志，流露出真摯的愛國之情。他寫農村與田園的詩詞則清新自然、質樸悠閒，如〈遊山西村〉：「莫笑農家臘酒渾，豐年留客足雞豚。山重水複疑無路，柳暗花明又一村。簫鼓追隨春社近，衣冠簡樸古風存。從今若許閒乘月，拄杖無時夜叩門。」他也有纏綿悱惻、淒婉悲涼的詩詞作品，如〈沈園二首〉，再如〈釵頭鳳〉：「紅酥手，黃縢酒，滿城春色宮牆柳。東風惡，歡情薄。一懷愁緒，幾年離索。錯，錯，錯！春如舊，人空瘦，淚痕紅浥鮫綃透。桃花落，閒池閣。山盟雖在，錦書難托。莫，莫，莫！」這些作品情真意切，千古傳誦。

辛棄疾

辛棄疾（西元一一四〇至一二〇七年），字幼安，號稼軒，歷城（今山東濟南）人，南宋豪放派詞人，與蘇軾合稱「蘇辛」，與李清照並稱「濟南二安」。他的《稼軒詞》今存詞六百餘首。

辛棄疾生活的時代，金兵已經占領了中原。他有報國之志，二十一歲就參加了耿京領導的起義軍，在軍中掌書記。不久歸南宋，曾在江西、湖北、湖南等地擔任轉運使、安撫使等職。在任期間，辛棄疾打擊豪強，淘汰貪吏，安定民心，鼓勵耕種，受到百姓愛戴。他積極主張抗金和收復失地，痛斥主張投降妥協之人。這樣的政治態度使他陷入孤立，最終被罷職。此後他長期閒居在江西上饒的帶湖，開荒種地，把自己的莊園命名為「稼軒」，自號「稼軒居士」。〈水調歌頭·盟鷗〉、

辛棄疾

〈西江月．夜行黃沙道中〉、〈清平樂．村居〉等名篇就作於此時。後來辛棄疾又曾出任鎮江知府，其間寫下〈南鄉子．登京口北固亭有懷〉、〈永遇樂．京口北固亭懷古〉等千古傳誦的名篇。不久又被罷免。開禧三年（西元一二〇七年）秋天，六十八歲的辛棄疾去世。

辛詞多以豪邁悲壯、奔放雄渾的風格，抒寫抗金衛國、收復山河的豪情壯志，被後人讚為「英雄之詞」。如〈破陣子．為陳同甫賦壯詞以寄之〉：「醉裡挑燈看劍，夢迴吹角連營。八百里分麾下炙，五十弦翻塞外聲。沙場秋點兵。馬作的盧飛快，弓如霹靂弦驚。了卻君王天下事，贏得生前身後名。可憐白髮生。」〈南鄉子．登京口北固亭有懷〉：「何處望神州？滿眼風光北固樓。千古興亡多少事？悠悠。不盡長江滾滾流。年少萬兜鍪，坐斷東南戰未休。天下英雄誰敵手？曹劉。生子當如孫仲謀。」詞人以悲憤的筆觸表達自己報國無門、壯志難酬的憤慨。如〈水龍吟．登建康賞心亭〉：「楚天千里清秋，水隨天去秋無際。遙岑遠目，獻愁供恨，玉簪螺髻。落日樓頭，斷鴻聲裡，江南遊子。把吳鉤看了，欄杆拍遍，無人會，登臨意。休說鱸魚堪膾，盡西風，季鷹歸未？求田問舍，怕應羞見，劉郎才氣。可惜流年，憂愁風雨，樹猶如此！倩何人喚取，紅巾翠袖，搵英雄淚！」

辛棄疾除了創作大量的豪放詞外，也寫了許多婉約詞。如〈摸魚兒．更能消幾番風雨〉、〈青玉案．元夕〉、〈鷓鴣天．晚日寒鴉一片愁〉等。這些作品語言委婉，描寫細膩，情真意切，是婉約詞中的佳品。他還有一些詞以熱情洋溢的筆墨描寫田園風光和生活的情趣。如〈清平樂．村居〉：「茅檐低小，溪上青青草。醉裡吳音相媚好，白髮誰家翁媼？大兒鋤豆溪東，中兒正織雞籠。最喜小兒亡賴，溪頭臥剝蓮蓬。」

施耐庵

施耐庵是元末明初傑出的小說家。他的生平資料現存的很少，所以關於他的身世眾說紛紜。

關於施耐庵的生平，現在比較流行的一個版本是：施耐庵本名施彥端，興化白駒場（今屬江蘇大豐）人。他出生在一個貧苦的船伕家庭，但自幼聰慧好學，多才多藝。他十九歲中秀才，二十八歲中舉，二十九歲至元大都會試落第，補鄆城儒學訓導。這一時期他蒐集了梁山泊附近流傳的有關宋江等人的英雄事蹟。三十五歲時中進士，在錢塘做了兩年官，因與權貴不合，辭官而去。後來他曾在張士誠起義軍中做幕僚。張士誠兵敗後，他隱居白駒著書。明洪武年間去世。

《水滸傳》是施耐庵在綜合宋元以來廣泛流傳的民間故事、話本、戲曲等的基礎上創作而成的（一說是由他和羅貫中合作完成）。《水滸傳》是中國古代長篇小說中成就最高、影響最大的英雄傳奇，與《三國演義》、《西遊記》、《紅樓夢》並稱為「四大名著」。雖然施耐庵的生平事蹟未能完整地流傳下來，但他留下的文化遺產是不朽的。

羅貫中

羅貫中（約西元一三三〇至約一四〇〇年），名本，號湖海散人，元末明初小說家、劇作家。根據現有資料來看，他可能是施耐庵的弟子，並且可能參與了《水滸傳》的創作。他創作的《三國演義》是章回小說的開山之作，也是中國古代成就最高、影響最大的歷史演義。

羅貫中少年時母親去世，隨父親去蘇州、杭州一帶做生意。他是一位有抱負的文人，當時天下大亂，豪杰並起，他也曾參與其中，這使他累積了一定的軍事、政治鬥爭經驗，為《三國演義》等歷史小說、雜劇的創作打好了基礎。明朝建立以後，他放棄入仕的機會，專心創作。他的作品除《三國演義》外，還有《隋唐兩朝志傳》、《三遂平妖傳》、《殘唐五代史演義》等長篇小說，及《風雲會》、《連環諫》、《蜚虎子》等雜劇（後兩種已失傳）。

吳承恩

吳承恩（約西元一五〇〇至約一五八二年），字汝忠，號射陽山人，淮安山陽（今江蘇淮安）人，明代小說家。著有長篇章回體小說《西遊記》。

吳承恩生於一個落魄的官吏家庭，家境貧苦。他自小聰慧過人，博覽群書，下筆寫書立成。但科舉屢考不中，到了中年以後才按例補為「歲貢生」。後來長期流落在南京，靠賣文為生，生活困頓不堪。晚年曾任浙江長興縣丞，但又因難以忍受官場的腐朽和黑暗，憤然辭官，最終在窮困潦倒中去世。

吳承恩自小喜歡讀野聞稗史、志怪小說。科舉考試的多次失利，加上生活窘困，使他對社會的腐朽和黑暗有很深的感觸。於是他想用神怪小說的形式來表達內心的不滿。正是在這種創作理念的推動下，他完成了中國古代最優秀的神魔小說《西遊記》。

《西遊記》透過對神魔世界的描寫和對神話人物形象的塑造，間接表達了作者對黑暗現實的不滿，表現出了改變社會現實的強烈願望，也反映出作者希望建立一個「君賢臣明」的王道之國的政治理想。

歸有光

歸有光（西元一五〇七至一五七一年），字熙甫，別號震川，又號項脊生，崑山（今江蘇崑山）人。明代著名散文家。有《震川先生集》傳世。

歸有光出生時家境沒落，生活貧困。他自幼發奮學習，聰慧絕人，九歲能寫文章，十歲就寫出了千餘言的〈乞醯論〉。但他的科舉之路並不順遂，中舉人之後，參加會試，八次榜上無名。後遷到嘉定安亭定居，一面讀書，一面談道講學，慕名而來的學生很多，文人雅士都稱他為「震川先生」。歸有光雖然屢試不

歸有光

第，但他性格耿直，從不屈事權貴以求官；在創作上，他也是一位勇敢反對復古風氣的正直文人。

嘉靖四十四年（西元一五六五年），歸有光六十歲時中了個三甲進士，歷任長興知縣、順德通判、南京太僕寺丞等職，掌管內閣制敕房，纂修《世宗實錄》。隆慶五年（西元一五七一年）在南京去世，終年六十六歲。

在散文創作上，歸有光批判復古論，主張文風淳樸，不事雕琢。他師承唐宋古文之風，又在前人的基礎上有所創新。他的散文有的表達對時事政治的不滿，有的表達對百姓疾苦的同情，有的寫生活瑣事和情感。其風格淳樸自然，清新簡潔，情真意切。

〈項脊軒志〉是他的代表作。這篇散文以「百年老屋」項脊軒的幾度興衰為線索，貫穿著對祖母、母親、妻子的回憶，抒發了世事變遷、物是人非的感慨，在家庭瑣事的敘述中蘊含著真摯的情感。文章非常注重細節刻劃，言簡意賅，形象鮮明，是經典之作。

湯顯祖

湯顯祖（西元一五五〇至一六一六年），字義仍，號若士，臨川（今江西撫州）人，明代戲劇家。他出身書香世家，不僅通古文、詩詞，還通醫學、天文、地理。曾師從泰州學派羅汝芳，又受到李贄的影響，思想上主張真性情，反對假道學。在文學創作上，他也主張「言情」，反對拘泥於格律。湯顯祖是隆慶四年（西元一五七〇年）舉人，萬曆十一年（西元一五八三年）進士，官拜南京太常博士、禮部主事，後因上書〈論輔臣科臣疏〉彈劾申時行、楊文舉等人徇私舞弊，牽涉到皇帝，被貶為廣東徐聞縣典史。在遷浙江遂昌任知縣時與義大利傳教士利瑪竇結識。在遂昌知縣任上，他因放囚犯回家過年而被彈劾，於是棄官回鄉。從此他安心創作，過著隱居的生活。他認為文學作品就應該追求真性情和思想性，提倡創新，並在生活中尋找靈感，認為「百姓日用即道」。這些理念使他的作品具有濃厚的平民色彩，又極具抒情性。

他所作的傳奇有《紫簫記》、《還魂記》、《牡丹亭》、《南柯記》、《邯鄲記》五種。其中《牡丹亭》為代表作。它透過講述杜麗娘的曲折愛情來批判封建的包辦婚姻制度，歌頌對自由的追求。他作品中反對封建禮教、倡導個性解放的精神，至今都有著重要的影響。後人將他譽為「中國的莎士比亞」。

蒲松齡

蒲松齡（西元一六四〇至一七一五年），字留仙，一字劍臣，別號柳泉居士，世稱聊齋先生，淄川（今山東淄博）人，清代文學家，著有文言短篇小說集《聊齋志異》。

蒲松齡天資聰慧，自幼苦讀詩書。十九歲時參加科舉，連取縣、府、道三個第一，名震一時，但以後屢試不中，直至七十一歲才破例補為貢生。為維持生計，他曾應同鄉人寶應縣知縣孫蕙的邀請，為其做幕賓，由此體會到百姓生活的艱難和官場的腐朽。他想透過科舉考試實現自己的志向，但科場失利，世態炎涼，使他深深地感受到社會的黑暗。他前後用了四十餘載時間，傾盡畢生心血完成了《聊齋志異》。康熙五十四年（一七一五年）正月，蒲松齡病逝，終年七十六歲。

蒲松齡

《聊齋志異》是一部志怪小說。「聊齋」是蒲松齡書房的名字，在「聊齋」中他寫下了許多狐鬼妖魅的奇特故事，所以小說名為《聊齋志異》。《聊齋志異》中的許多故事以鬼怪異聞反映社會現實，故事情節奇異曲折，語言精練，結構巧妙，人物刻劃生動鮮明，是文言短篇小說的經典之作。

老舍曾評論《聊齋志異》：「鬼狐有性格，笑罵成文章。」郭沫若為蒲松齡故居題聯：「寫鬼寫妖高人一等，刺貪刺虐入骨三分。」這都是對蒲松齡及其作品的高度讚譽。

曹雪芹

曹雪芹（約西元一七一五至約一七六三年），名霑，字夢阮，號雪芹、芹圃、芹溪，清代著名小說家。著有長篇章回體小說《紅樓夢》。

曹雪芹出生在煊赫一時的貴族世家。據後人考察，曹雪芹的家族和清朝皇室有很深的淵源。從康熙二年（西元一六六三年）至雍正五年（西元一七二七年），曹雪芹的曾祖曹璽、祖父曹寅、父親曹顒、叔父曹頫相繼擔任江寧織造六十多年。到曹雪芹出生時，曹家敗落，這使他深深體會到世態炎涼。

曹雪芹晚年住在北京西郊，生活更加困頓不堪，靠賣文、賣畫過日子。在艱苦的條件下，他以驚人的毅力，進行嘔心瀝血的創作。長篇鉅著《紅樓夢》耗費了他十餘年的心血，前後增刪過五次。遺憾的是，在他生前，《紅樓夢》並未全部完成。現在一般認為，《紅樓夢》一百二十回，前八十回是曹雪芹所著，後四十回是清代高鶚所續。

曹雪芹才華出眾、愛好廣泛，在詩文、書畫、園林、金石、醫藥、飲食、民俗等諸多方面均有深入的研究。這為他創作《紅樓夢》打下了堅實的基礎。

《紅樓夢》是中國乃至世界文學史上的不朽傑作，曹雪芹的名字也因這部偉大的著作而載入史冊，令後人景仰。

第三章
彪炳千秋的文學著作

《詩經》

《詩經》收集了自西周初年至春秋中葉五百多年間的三百零五篇詩歌，是第一部詩歌總集。它一開始被稱為「詩」，西漢時被尊為儒家經典，始稱「詩經」。

《詩經》中詩的作者，絕大部分已經無法考證。詩作主要產生於黃河流域，西起今山西和甘肅東部，北到河北，東至山東，南及江漢流域。相傳周代有採詩的官員，每年春天深入民間收集民謠，整理後交給太師譜曲，演唱給周天子聽，作為施政的參考。所以《詩經》中大多數是沒有記錄作者姓名的民歌。

《詩經》內容豐富，記錄了戰爭與徭役、農事與愛情、壓迫與反抗、祭祖與宴會、風俗與婚姻，甚至天象、動物、植物、地貌等方方面面的內容，是西周至春秋時期社會生活的一面鏡子。《詩經》最初的主要作用，一是讓統治者透過民歌了解當時的社會和政治問題，二是娛樂，三是作為各種典禮的音樂。

《詩經》中的優秀作品，語言形象生動、豐富多彩，既具有音樂的美感，又在表意和修辭上有很好的效果。它還有獨特的藝術技法，有「賦、比、興」與「風、雅、頌」，合稱「六義」。一般認為風、雅、頌是以詩的內容和功用分類。「風」包含了當時十五個地方的民歌，又叫「十五國風」，共有一百六十篇，是《詩經》的核心內容。十五國風分別是〈周南〉、〈召南〉、〈邶風〉、〈鄘風〉、〈衛風〉、〈王風〉、〈鄭風〉、〈齊風〉、〈魏風〉、〈唐風〉、〈秦風〉、〈陳風〉、〈檜風〉、〈曹風〉、〈豳風〉。〈周南．關雎〉、〈秦風．蒹葭〉等都是膾炙人口的名篇。「雅」是周王朝京城附近的樂歌，共一百零五篇，包括〈大雅〉、〈小雅〉兩部分。〈大雅〉主要歌頌周王室的功績，也有反映厲王、幽王暴虐昏亂及統治危機的；〈小雅〉中的部分詩歌跟〈國風〉類似，具有較深刻的社會內容，關於戰爭和勞役的詩歌尤為突出。「頌」包括〈周頌〉、〈魯頌〉和〈商頌〉，共四十篇，主要是在宗廟祭祀時使用的，其中也有一部分是舞曲。賦、比、興是《詩經》的表現手法。賦，就是鋪敘陳述；比，也就是譬喻；興，就是借助其他事物來作為詩歌的開頭，引起下文，使詩歌曲折委婉。賦、比、興的運用，既是《詩經》藝術特徵的重要標誌，也開創了中國古代詩歌創作的基本手法。

《楚辭》

「楚辭」的本義是戰國時期楚地的歌辭。西漢劉向整理古籍，把屈原、宋玉等戰國時楚地作家的作品編輯成書，定名為《楚辭》，從此「楚辭」成為一部詩歌總集的名稱。劉向編輯的《楚辭》收戰國屈原、宋玉及漢代淮南小山、東方朔、王褒、劉向等人的作品共十六種。後來東漢王逸為之作章句，增入己作〈九思〉，成十七種，具體篇目為：〈離騷〉、〈九歌〉、〈天問〉、〈九章〉、〈遠遊〉、〈卜居〉、〈漁父〉、〈九辯〉、〈招魂〉、〈大招〉、〈惜誓〉、〈招隱士〉、〈七諫〉、〈哀時命〉、〈九懷〉、〈九嘆〉、〈九思〉。這一版本成為後世的通行本。全書以屈原的作品為主，其餘各篇均是承襲屈原作品的形式。

〈離騷〉是中國古代最偉大的浪漫主義詩篇之一，也是《楚辭》中最為光輝的作品。〈九歌〉共十一篇，是屈原在民間祀神樂歌的基礎上創作出來的浪漫詩篇。〈天問〉通篇用詰問語氣，以參差錯落、靈活多變的形式，對自然、社會、歷史提出了一百七十多個問題，是文學史上的一篇奇文。〈九章〉共九篇，主要是屈原在放逐中的經歷、處境和悲憤心情的反映。〈招魂〉是屈原流放江南時，根據當地民間招魂辭的寫法而創作的。〈九辯〉是宋玉的作品，它在學習屈原作品的基礎上，又有一定的藝術獨創性，善於透過描寫景物來抒發情感，開創了文學史上的「悲秋」主題，對後世文學影響深遠。《楚辭》中的其他作品基本是模仿屈原、宋玉的作品形式，有些作品雖署名屈原，但實際上是後人偽托屈原之名而作。

《楚辭》是中國第一部浪漫主義詩歌總集，在文學史上占有極為重要的地位。它是中國古代第一部有明確作者的詩集，標誌著中國文學由集體創作進入個人專著的新紀元。它也是《詩經》之後出現的一種新詩體，打破了《詩經》以四言為主的形式，而代之以三言至八言不等的雜言形式，句中有時使用楚國方言，在節奏和韻律上獨具特色，更適合表現複雜的思想感情。在內容上，它大量吸收古代神話的浪漫主義精神，想像奇特，感情奔放，開創了浪漫主義文學。後世詩歌、辭賦、散文、戲劇、小說皆不同程度地受到《楚辭》的影響。

《左傳》

《左傳》，全名《春秋左氏傳》，又名《左氏春秋》，相傳為左丘明所著。它是一部編年體史書，所用年號為春秋時魯國的年號。它還是一部策略奇書，透過記敘春秋晚期各諸侯國之間的明爭暗鬥，揭示了很多大國興衰的原因。《左傳》對人與人、國與國之間鬥爭的方法和經驗有著獨到的見解，古代很多政治家、將領都對它愛不釋手，最注重的就是其中關於謀略、戰爭的內容。

《左傳》不僅具有很高的歷史、政治和軍事價值，還有很高的文學價值。它可以說是第一部大規模的敘事性作品。和之前的著作相比，它的敘事能力表現出驚人的發展，許多頭緒紛雜、變化多端的歷史大事件，都能處理得有條不紊、繁而不亂。其中關於戰爭的描寫尤其出色。作者善於將每一次戰役都放在大國爭霸的背景下展開，將戰爭的遠因近因、各國關係的組合變化、戰前策略、交鋒過程、戰爭影響等，以簡練而不乏文采的文筆寫出，行文嚴密而有力。《左傳》敘述事件還注重生動性和趣味性，常常以描寫較為細緻的故事情節來表現人物的形象。它的語言也非常生動，尤其擅長敘寫外交辭令。我們現在使用的很多詞語、成語都出自此書，比如東道主、其樂融融、退避三舍、及瓜而代、言歸於好、魑魅魍魎、外強中乾、表裡山河、厲兵秣馬、困獸猶鬥、鞭長莫及等。

《左傳》雖是歷史著作，但與《尚書》、《春秋》有所不同，它「情韻並美，文采照耀」（清．劉大櫆《論文偶記》），是先秦時期最具文學色彩的歷史散文。其文學特點可概括為：第一，傳神的細節描寫和生動的場面描寫；第二，刻劃人物性格神形畢現，有立體感；第三，文學性的剪裁和歷史事件的故事化；第四，擅長敘寫外交辭令，理富文美。

《左傳》還引錄、保存了當時流行的一部分應用文，為後世應用文的發展提供了借鑑。僅宋人陳騤在《文則》中所列舉，就有命、誓、盟、禱、諫、讓、書、對八種之多，實際種類還遠不止於此，後人認為檄文也源於《左傳》。此外，《左傳》在史料蒐集上對後世也有深遠的影響，司馬遷的《史記》就有不少內容取材於《左傳》。總之，這部豐富多彩的史學巨著，對後世史學、散文乃至小說、戲劇的發展，都有重大的影響。

《國語》

《國語》大致成書於戰國初年，是第一部國別體史書。國別體，就是以國家為單位，分別記敘歷史事件的一種史書形式。這部書有二十一卷，分別寫了周、魯、齊、晉、鄭、楚、吳、越的歷史。但各國史料在全書中所占比重懸殊，其中〈晉語〉篇幅最多。《國語》記錄了周穆王十二年（西元前九九〇年）至智伯被滅（西元前四五三年）這段時期的歷史與傳說。西漢史學家司馬遷提出《國語》作者是左丘明，但後來遭到各方反對，眾說紛紜，至今尚未有定論。除具有較高的史學價值外，其文學價值也不容小覷。

《國語》的內容十分豐富。它反映了西周到東周的歷史變化，記錄了貴族階層的生活百態、名人的言行、君主的治國思想和措施、諸侯之間的爭霸、政治鬥爭等內容。在記錄歷史現實的同時，它還夾雜了一些虛構的故事。語言質樸，易於理解。

這部史書敘述各國歷史的風格和側重並不相同。如〈周語〉側重政治記錄，語言莊重典雅、高貴深沉；〈晉語〉敘事成分多，語言生動活潑、幽默風趣；〈吳語〉記錄夫差伐越和吳國滅亡的歷史，語言相對奔放，敘事跌宕起伏。《國語》並沒有一個統一的思想體系，它有很強的紀實性，所以記錄的人物言行、歷史事件中包含的思想也是不同的。但總體上，它弘揚道德，尊崇禮法，反對腐敗，順應民意。其中包含經濟、政治、軍事、外交、教育、婚姻等各個方面的內容，對研究先秦時期的社會歷史具有巨大的價值。

《戰國策》

《戰國策》又稱《國策》，是一部國別體史學著作。它記載了戰國初年至秦滅六國約二百四十年的歷史中，西周、東周以及秦、齊、楚、趙、魏、韓、燕、宋、衛、中山各國之事。所以，它的內容較為複雜。

這部書沒有固定的作者，其文章自各方收集而來，後來由西漢經學家、目錄學家劉向重加整理並定名。

《戰國策》並不侷限於記錄史實，它透過大量的寓言故事，生動而幽默地說事明理，尖銳地諷刺當時的社會現實，引人深思。書中的許多故事至今仍廣為流傳，如畫蛇添足、狐假虎威、驚弓之鳥、狡兔三窟、三人成虎、安步當車、門庭若市、高枕無憂等。它描寫人物形象極為生動，用傳神的語言刻劃了一批貪圖功名、庸俗勢利的小人，也記錄了一些勇士的才能與精神。它還善於用誇張、渲染和比喻的手法來增強論者的說服力，文學性較強。所以，它不僅是展現當時社會風貌的史學著作，而且是一部優秀的歷史散文集。

《晏子春秋》

晏子是中國歷史上真實存在的一位政治家，他是春秋時代的風雲人物。讀《晏子春秋》，可以全面了解這位歷史人物的生平事蹟和神奇智慧。

晏嬰（西元前？至前五〇〇年），又稱晏子，夷維（今山東高密）人，春秋時代齊國傑出的政治家、思想家、外交家。他歷經齊國靈公、莊公、景公三朝，輔政四十餘年，以有政治遠見、外交才能和樸素作風聞名諸侯。

《晏子春秋》大約成書於戰國末期，是後人假托晏嬰的名義所作。這部書詳細地記述了齊國賢相晏嬰的生平軼事及各種傳說，兩百多個小故事相互關聯和補充，構成了栩栩如生的完整的晏子形象。書中記載了很多晏嬰勸告君主勤政、愛護百姓、任用賢能和虛心納諫的故事，成為後世從治者學習的榜樣。

這部書的語言簡潔明快，幽默風趣。人物對話富有個性，特別是人物語言中蘊含的幽默感，不但使故事意趣盎然，而且增加了語言的辛辣和諷刺性。作者還善於運用比喻的手法，書中一些蘊含哲理的比喻，後來成為我們常用的詞語或成語，如中流砥柱、南橘北枳等。

全書透過一個個生動活潑的故事，塑造了主角晏嬰和眾多陪襯者的形象。書中有很多生動的情節，表現出晏嬰的聰明和機敏，如「晏子使楚」的故事就流傳很廣。書中還論證了「和」與「同」兩個概念。晏嬰認為對君主的附和是「同」，應該批評；而勇敢向君主提出建議，補充君主決策的不足，才是真正的「和」。這種富有辯證思想的論述成為中國哲學史上的一大亮點。

《史記》

《史記》是歷史上第一部紀傳體通史，「二十四史」之首，作者是西漢著名史學家司馬遷。

這部歷史名著分為本紀、表、書、世家、列傳五部分，主要記敘先秦和秦漢著名歷史人物的生平事蹟。本紀按照時間順序記錄歷代帝王的言行和政績，表是將事件、人物簡單列出，書是對政治、經濟、禮樂、地理等制度的記錄，世家記錄王侯的事蹟，列傳則是不同類型、不同階層的人物傳記。

司馬遷在著《史記》的時候，沒有用成王敗寇的觀點去編寫，而是著重發掘歷史事件的真相，以及英雄人物所展現出來的氣概。如寫項羽，並沒有過多關注其失敗，而是描繪了一位傲骨錚錚且神勇無敵的楚霸王。尤其是項羽別虞姬的時候，那種蕩氣迴腸、失意而不失氣節的英雄氣概，令人為之動容。

《史記》不僅開創了紀傳體的史學，而且開創了傳記文學，具有極高的文學價值。它對人物形象的塑造非常成功。司馬遷不僅善於從矛盾衝突中發掘人物的真實性情，張揚其個性，而且善於透過不同的歷史事件展現一個人物不同的性格側面，由此勾勒出這一人物完整、飽滿的形象。《史記》的語言是在當時口語的基礎上提煉加工的書面語，並引用了大量的民謠、諺語和俗語，既明白曉暢，又極具表現力。魯迅先生稱讚《史記》是「史家之絕唱，無韻之〈離騷〉」，這是對其文學價值的高度肯定。

司馬遷在政治上遭遇不幸，但他堅韌不屈，堅持寫完了《史記》。他在書中為眾多悲劇人物撰寫生平，讚頌受磨難仍堅強不屈的人，其中流露出他對現實不公的憤慨。

《世說新語》

《世說新語》主要記載魏晉名士的奇聞逸事和玄言清談，也可以說這是一部記錄魏晉風流的故事集。它是魏晉南北朝時期筆記小說的代表作。

這部書是由南朝劉義慶組織一批文人編寫的，依內容分為「德行」、「言語」、「政事」、「文學」、「方正」等三十六類，每類收有若干則故事，全書共一千二百多則。每則故事長短不一，有的三言兩語，有的數行，由此可見筆記小說「隨手而記」的特性。

《世說新語》是研究魏晉社會歷史的極好史料，其中對魏晉名士的種種活動如品題、清談，種種性格特徵如任誕、棲逸、簡傲，人生的追求以及嗜好，都有生動的描寫。綜覽全書，可以看見魏晉時期幾代士人的群像，透過這些人物形象，又可以了解那個時代上層社會的生活風尚。

作為古代筆記小說中的經典，《世說新語》在藝術上也有較高的成就。它對人物的描寫有的重在形貌，有的重在才學，有的重在心理，總之重在表現人物的特點，並塑造鮮明的人物形象。它透過獨特的語言描寫和動作描寫，寫出了人物的獨特性格，使其擁有了真人一般的靈性。例如：「管寧、華歆共園中鋤菜，見地有片金，管揮鋤與瓦石不異，華捉而擲去之。又嘗同席讀書，有乘軒冕過門者，寧讀如故，歆廢書出看。寧割席分坐，曰：『子非吾友也！』」（〈德行〉第十一則）兩人的不同個性透過對比表現得異常鮮明。再如：「王戎七歲，嘗與諸小兒游。看道邊李樹多子折枝，諸兒競走取之，唯戎不動。人問之，答曰：『樹在道邊而多子，此必苦李。』取之，信然。」（〈雅量〉第四則）這篇短文寥寥幾筆，就塑造出了幼年王戎足智多謀、善於分析的形象。

〈春江花月夜〉

〈春江花月夜〉是初唐詩人張若虛所作的七言古詩。

這首詩從題目上便點出了春、江、花、月、夜這五個美好的事物，結合在一起更是一幅寧靜高遠，又籠罩著淡淡愁緒的畫面。詩作開篇便描繪出一幅美好的畫面——一輪明月被浩瀚如海的江水托起，月光照在遍地生機的花草叢中，像有無數的冰珠在閃爍，世間萬物似乎都浸潤在這寧靜皎潔的月光中。

而後，詩人由這樣的美景聯想到了人生。江月年年相似，人生也是世世代代無窮無盡。和永恆的江月相比，一個人的生命是短暫的，但詩人並沒有悲觀，而是看到了「代代無窮已」的生命長河。新生事物綿延不斷，帶來了美好與希望。

在感嘆宇宙浩瀚、生命延續不斷之後，詩人又回到了人類的感情。無論世間事物多麼渺小或宏大，人們對自己家人的思念之情是無法改變和磨滅的。他不直接敘述相思，而是將之寄託給明月。「月徘徊」其實是思婦內心的愁緒，思婦希望同樣能看到明月的夫君，感覺到自己的相思。

這首詩不像一般的山水詩那樣寫實，也不像托物言志詩那般生硬。它是將美好、憂傷、思念等多種情緒融為一體，化在山水與月光之中，讓情感融入意境之美；詩人還將對宇宙和人生的思考融入詩中，使詩的主題昇華成對宇宙的浩瀚無窮和生命的交替不盡的感嘆，引發讀者對人生的深思。這首詩在思想性和藝術性上達到了相當的高度，突破了宮體詩狹窄的題材、淺薄的思想和單調的藝術風格的侷限，成為千古傳唱的名篇。

《西廂記》

《西廂記》是元代雜劇中的傑出代表，全名《崔鶯鶯待月西廂記》，共五本二十一折。作者是元代著名文學家王實甫。

這部雜劇講述了張君瑞（張生）與崔鶯鶯這對才子佳人努力爭取自由愛情，終成眷屬的故事。

書生張君瑞原是禮部尚書之子，無奈父母雙亡，家道中落，張生便進京趕考，欲博取一個功名。途中路過普救寺，聽說這里美景如畫，便停留欣賞。崔鶯鶯是崔相國的千金，因崔相國去世，鶯鶯的母親鄭氏便攜女

《西廂記》「長亭送別」

兒送崔相國的靈柩回河北安葬，途中暫住在普救寺。

張生被崔鶯鶯的容貌氣質深深吸引，為了多見她幾面，便找方丈借宿，住進了西廂房。鶯鶯見張生日夜苦讀、滿腹詩書，也心生傾慕。不料，叛將孫飛虎聽說崔鶯鶯才貌雙全，便欲占為己有，將普救寺圍了起來。崔母緊急之下，便說誰能退孫飛虎的賊兵，便將鶯鶯許配給他。張生請好友白馬將軍杜確解了圍困，崔母卻反悔，要二人認作兄妹。鶯鶯身邊的侍女紅娘給二人牽線搭橋，後來面對崔母的拷問又據理力爭，使崔母勉強答應張生求取功名後便可以迎娶鶯鶯。張生便進京趕考，考中了狀元。崔母想將鶯鶯許配給尚書之子鄭恆，鄭恆趁張生進京，造謠說張生在京已被招為東床佳婿，於是崔夫人再次賴婚，要鶯鶯嫁給鄭恆。後來張生及時歸來，戳穿了鄭恆的謊言，張生與崔鶯鶯這對有情人終成眷屬。

這段曲折離奇的愛情故事，批判了崔母攀貴附勢的自私行為，讚美了張、崔二人追求幸福的勇氣與努力，更讚美了紅娘的熱情和仗義。這部戲劇也打破了元劇一本四折、一人主唱的慣例，塑造了多個生動的人物形象，使舞臺豐滿起來，成為古代戲劇的一個轉折點，為後世戲劇開了先河。該劇不僅情節引人入勝、人物形象鮮明生動，而且曲詞文采斐然，極具詩情畫意。

《三國演義》

《三國演義》是古典長篇小說四大名著之一，是歷史上第一部長篇章回體歷史演義小說，也是成就最高、影響最大的歷史演義。作者是元末明初的小說家羅貫中。

這部名著可謂家喻戶曉，但是它的魅力，不細讀，不反覆讀，很難領略到。

《三國演義》的素材主要來源於兩個途徑：一是《三國志》等關於三國的歷史文獻，這是史學家對三國歷史的記錄和評價；二是民間流傳的三國故事和文學創作，它們為《三國演義》的創作提供了豐富的素材和創作經驗。

《三國演義》「三顧茅廬」

元末明初，社會矛盾尖銳，起義此起彼伏，群雄割據，百姓流離失所。羅貫中生活在社會底層，深知百姓的疾苦，他期望社會穩定，渴望百姓安居樂業。作為底層的知識分子，他對歷史進行了深刻的思考，並希望結束動盪造成的悲慘局面。由此，他依據東漢末年的歷史創作了《三國演義》。

這是一部巨著，它對英雄豪杰、地理風物、軍事戰爭、策略戰術、處世哲學等的描寫，無一不令人拍案叫絕。

《三國演義》在廣闊的背景上，上演了一幕幕波瀾起伏、氣勢磅礴的戰爭場面，並成功刻劃了近兩百個人物形象。《三國演義》中塑造極為成功的人物有曹操、劉備、諸葛亮、關羽等。曹操既有雄才大略，能禮賢下士，又心胸狹窄、殘暴奸詐，是個非常複雜的人物。劉備被作者塑造成知人善任、仁民愛物、禮賢下士的仁君典型。諸葛亮是賢相的化身，他不僅才華蓋世、智慧絕倫，而且具有「鞠躬盡瘁，死而後已」的高風亮節和救世濟民的雄心壯志。關羽威猛剛毅、義薄雲天的形象也非常深入人心。

《三國演義》表現出明顯的擁劉反曹傾向，把劉備一國作為描寫的中心，對劉備身邊的主要人物加以讚美歌頌，對曹操則極力抨擊。今天我們對於作者的這種傾嚮應有辯證的認識。擁劉反曹是當時民間的主要傾向，隱含著百姓對漢族復興的期望。

除了人物的塑造，這部書的故事情節也引人入勝。「桃園三結義」、「三英戰呂布」、

「三顧茅廬」、「火燒赤壁」、「三氣周瑜」、「走麥城」、「空城計」……精彩紛呈的故事令人手不釋卷。

閱讀《三國演義》，彷彿使我們走進了那個天下紛爭、群雄並起的年代。今天，我們需要用更多樣的眼光去看待這部名著，也需要用坦誠而真實的心去理解它。每個人心中都有一部屬於自己的《三國演義》。

《水滸傳》

《水滸傳》是四大名著之一，也是較早的白話文章回體小說之一。作者為元末明初小說家施耐庵（一說是由施耐庵與羅貫中合作完成）。此書是作者在整理、綜合宋元至明初數百年內民間流傳的水滸故事的基礎上創作而成的。

《水滸傳》中的故事發生在北宋末年。當時社會動盪，在朝廷昏暗的統治下，民不聊生。一百零八位好漢梁山聚義，在宋江的帶領下發動了轟轟烈烈的起義。

《水滸傳》的結構縱橫交錯，以梁山起義的過程為主線，期間穿插一個個獨立的故事。書中刻劃了眾多梁山好漢的形象。他們出身不同，性格各異，但都身懷絕技，在梁山結為兄弟，共同對抗敵人。他們勇敢地反抗黑暗腐朽的統治集團，和他們橫行霸道、魚肉百姓、貪贓枉法的行徑做著不屈的抗爭，將個人的恩怨情仇上升為替天行道、扶危濟困。書中對一些英雄形象的塑造非常成功。在人物出場時，先對其外形進行描寫，如武松「一雙眼光射寒星，兩彎眉渾如刷漆」，魯智深「生得面闊耳大、鼻直口方，腮邊一部落腮鬍鬚。身長八尺，腰闊十圍」。同時，作者善於透過劇烈的矛盾衝突表現人物性格，如將人物置於生死存亡的緊要關頭，表現其臨危不懼的勇氣和隨機應變的智慧，把人物描寫得極具浪漫主義與英雄主義色彩，也使得情節跌宕起伏、引人入勝。

書中不同人物在經歷成長後，對於招安持不同態度。如社會底層的李逵等人堅決反對招安，但宋江等人堅持接受招安，最終導致起義失敗。這也暗示了本書的一個觀點，即表面造反只能打擊當時的封建統治，真正成功的起義並非換一位心繫百姓的封建統治者，而是從根本上找到政治上的不合理之處，推翻封建統治，真正建立惠及百姓的社會體系。

總之，《水滸傳》的作者以其高度的藝術表現力、生動豐富的文學語言，構造了諸多引人入勝的故事情節，塑造了眾多個性鮮明的英雄形象。武松打虎，魯智深拳打鎮關西、倒拔垂楊柳，林衝風雪山神廟等故事和相關的人物形象深入人心。《水滸傳》是一部豪俠的傳記，更是一部百讀不厭的文學作品。

《西遊記》

《西遊記》是四大名著之一，是中國古代第一部長篇神魔小說，也是神魔小說中最優秀的作品。它主要講述了孫悟空、豬八戒、沙僧三人保護唐僧西行取經的故事。

本書運用幽默風趣的語言，將人物的性格刻劃得淋漓盡致。唐僧的懦弱、善良，孫悟空的勇敢、機智、頑皮，豬八戒的笨拙、懶惰、富有人情味，沙僧的

《西遊記》「大鬧天宮」

忠厚老實、任勞任怨，都在讀者的心中留下了深刻的印象。書中的情節可謂跌宕起伏，環環相扣，讓讀者欲罷不能。

書中有許多精彩的片段，值得讀者去品味，比如「大鬧天宮」：

話說孫悟空強消死籍，入東海龍宮拿走金箍棒，驚動了玉皇大帝。在太白金星勸奏下，玉皇大帝把孫悟空召入上界，讓他做弼馬溫。悟空剛開始不知官職大小，開心地接受了任命；後知實情，一怒之下打出南天門，返回花果山，自稱「齊天大聖」。玉皇大帝得知此事之後大怒，立即派李天王率天兵天將捉拿孫悟空。美猴王接連打敗巨靈神、哪吒二將。迫不得已，太白金星再次到花果山，請孫悟空上天做齊天大聖，並專門管理蟠桃園。孫悟空因生性頑皮，偷吃了蟠桃，又攪了王母娘娘的蟠桃宴，盜食了太上老君的金丹，逃離天宮。玉帝再派李天王率天兵捉拿，雙方爭持不下，觀音菩薩舉薦灌江口二郎神來戰悟空。孫悟空與二郎神打鬥數十回合，不分勝負。最後，孫悟空被太上老君從南天門扔下的金剛鐲擊中，擒拿至天庭。玉帝命天兵刀砍斧剁、南斗星君火燒、雷部正神雷擊，都不能損傷悟空一絲一毫。太上老君又把悟空放進煉丹爐內火烤，七七四十九日開爐，悟空也不曾受到一點傷害，只是被煙燻紅了眼，成為「火眼金睛」。悟空再次在天宮大打出手，天兵天將無人能擋。最後玉帝請來如來佛祖，才將悟空壓在五行山下。「大鬧天宮」的故事集中表現了孫悟空熱愛自由、樂觀大膽、好戰的性格特徵。悟空與各路天兵天將鬥法的場面描寫也十分精彩。

車遲國鬥法、大戰紅孩兒、三調芭蕉扇等情節也非常精彩，不同的神仙、妖怪各有特色，故事情節引人入勝。

《西遊記》中還蘊涵了作者濃厚的思想感情。作者透過此書把辛辣的諷刺、善意的嘲笑和嚴峻的批判藝術地結合，深刻地表達了他的愛憎，寄寓了反抗惡勢力、克服困難、戰勝自然的樂觀精神，並曲折地反映了當時的社會現實。

《牡丹亭》

《牡丹亭》又名《還魂記》，是明代文學家湯顯祖最為得意的作品，也是中國戲曲史上的浪漫主義傑作。

這部劇寫了杜麗娘與柳夢梅生死離合的傳奇愛情故事。南安太守杜寶的獨生女兒杜麗娘與侍女春香到後花園遊玩，為滿園春色所動。她忽覺睏倦，便睡著了，在夢中遇見了書生柳夢梅。二人在牡丹亭相會，一見鍾情。夢醒後，杜麗娘發現一切都是不存在的，大覺感傷，竟思念成疾，鬱鬱而終。三年後，柳夢梅恰至南安，見到杜麗娘的畫像，深深愛慕，並與她的鬼魂相會。後來麗娘復活，二人終於結為夫婦。柳夢梅去拜會岳父，岳父卻拒絕承認，還將其看作盜墓賊，將杜麗娘視為妖魔。後來，柳夢梅狀元及第，經皇帝調解，這門親事終於得以圓滿。

這部劇的唱詞十分優美，將人物的心理表現得淋漓盡致，如「原來姹紫嫣紅開遍，似這般都付與斷井頹垣。良辰美景奈何天，賞心樂事誰家院」這樣的佳句，至今膾炙人口，讓人感慨萬分。劇中批判了封建禮教的自私、獨斷、專橫，痛斥了杜父這樣的封建代表的狹隘、勢利和不顧親情只顧官爵的行徑，同時熱情歌頌了主角反抗封建禮教、追求自由愛情、要求個性解放的精神，塑造了杜麗娘、柳夢梅這一類勇敢追求幸福的形象，並使他們最終獲得大團圓的結局。其富於幻想的故事情節、清麗婉轉的曲詞風格深深影響著後世的戲曲文學。

《聊齋志異》

《聊齋志異》是清代小說家蒲松齡所作的文言短篇小說集，代表了中國古代文言短篇小說創作的最高成就。

《聊齋志異》中的作品按照其內容大致可分為五類：

一是反映社會黑暗的，如〈促織〉、〈夢狼〉、〈續黃粱〉、〈梅女〉、〈紅玉〉、〈竇氏〉等。

二是批判封建禮教，反對封建婚姻，表現青年男女追求純真愛情的，如〈嬰寧〉、〈青鳳〉、〈瑞雲〉、〈阿繡〉、〈青娥〉、〈連城〉、〈鴉頭〉等。

三是揭露和批判科舉考試制度的，如〈葉生〉、〈三生〉、〈于去惡〉、〈賈奉雉〉、〈司文郎〉、〈考弊司〉、〈王子安〉等。

四是表現被壓迫的人的抗爭，如〈商三官〉、〈向杲〉、〈席方平〉等。

五是總結生活中的經驗教訓，教育世人的，如〈種梨〉、〈瞳人語〉、〈畫皮〉、〈狼三則〉、〈勞山道士〉等。

《聊齋志異》描寫了許多妖神鬼怪與人的戀愛故事，表現了當時世俗中少見的理想愛情。比如聶小倩和寧采臣相愛相許、結局美滿的故事。聶小倩是一個只活到十八歲便去世的女鬼，她貌美如花，卻在一座古寺裡被夜叉脅迫害人。寧采臣是一名善良的書生，借宿古寺。小倩又被夜叉指使迫害采臣，但當她看到采臣一身正氣時，不願繼續違心下手，便告訴了采臣實情。采臣也不負所托，解救出小倩，並將她娶回家照顧父母，還請道人消滅了夜叉。由於小倩本性純良，采臣的家人也接受了她，並隱瞞了她的身世。後來采臣考中進士，二人生下孩子，孩子也成為有名望的人。這是個美滿的愛情故事，寄託了作者對美好生活與純潔真愛的嚮往。故事情節離奇，高潮迭起，步步驚心。

蒲松齡一生貧困潦倒，科舉考試也屢屢不中，加之他做過一年知縣的幕僚，所以切身體會到科舉和官場的黑暗。他喜好研究民間風土人情，蒐集奇聞異事，這為他在書中撰寫各種奇異故事和描寫各類人物形象打下了基礎。他將自身感悟與社會體驗融合，把一腔憤恨寫入書中，對當時社會的不合理現象加以揭露，在傳奇故事中蘊含了人生哲理。

《桃花扇》

《桃花扇》是清代戲曲的傑出代表。作者孔尚

于受萬《聊齋全圖·聶小倩》

任，為孔子第六十四代孫。《桃花扇》是他三易其稿、苦心十餘年而寫成的一部歷史劇。他將侯方域與李香君的離合聚散與南明王朝的興衰結合在一起，以悲劇昇華了戲劇中的愛情。

李自成起義軍逼近京師，復社文人侯方域、陳貞慧等人在南京避亂。侯方域結識了秦淮名妓李香君，並以宮扇作為定情信物。後來，奸人魏忠賢的餘黨阮大鋮想結交侯方域，拉攏復社文人，但李香君知道阮大鋮的賊子之心，便告知侯方域不要與他結交。阮大鋮見事不成，便欲陷害，侯方域被迫逃走。阮大鋮又逼迫李香君嫁給田仰，李香君誓死不從，血濺宮扇。後來侯方域的朋友楊友龍將扇上的血跡點綴成桃花，桃花扇由此而來。南明滅亡之後，侯方域與李香君在棲霞山道觀相遇。經歷了國破家亡，兩人雙雙入道，從此斬情斷慾。

這部作品透過侯、李的愛情悲劇，反映出當時國不成國、家不成家的黑暗現實，寫出了國家與個人密不可分的關係，並揭示了南明在昏庸的統治下必然滅亡的命運。正如孔尚任自己所說：「借離合之情，寫興亡之感。」劇中人物刻劃也非常細緻，各有特點，並且真實客觀，毫不虛誇，每個人物都代表了一類人，他們的人品、作為也都是當時社會現實的反映。這部歷史劇真正做到了藝術真實和歷史真實的完美結合，是清代戲曲中影響最大的作品之一。

《長生殿》

《長生殿》是清代劇作家洪昇的代表作。這部戲劇寫唐明皇（唐玄宗）與楊貴妃的愛情故事，並反映了當時的政治狀況，是一部歷史題材的愛情悲劇。

唐明皇繼位之時，國家正處於盛世，一片繁華景象。唐明皇便失去了憂患意識，寄情於聲色。他下令廣招天下美女，而楊玉環的美貌與才情使唐明皇一見鍾情，便冊為貴妃，賜金釵鈿盒，並封賞了玉環的家人。二人感情日漸深厚。唐明皇為了滿足楊貴妃的奢華生活，不惜勞民傷財，從南方運來新鮮的荔枝。在七月七日這天，二人在長生殿發誓：「願世世生生，共為夫婦，永不相離。」不料安祿山發起了叛亂，唐明皇攜楊貴妃出逃至馬嵬驛，發生了兵變，楊貴妃被迫自縊。這場叛亂平息之後，唐明皇心中痛苦不已，便求訪仙人為楊貴妃招魂。二人終於在月宮相見。神仙也為二人的愛情所感動，便於八月十五日將二人共列仙班，使二人可以長相廝守。

這部戲劇用虛幻的手法，創造了一個大團圓的結局。在寫二人的感情時貫穿著政治上的興亡，二者相互呼應，互為因果。唐明皇貪戀美色，不理朝政，導致心懷鬼胎之人趁虛而入。唐明皇不惜調動大量人力，踏壞莊稼，踩死路人，只為了妃子能吃到新鮮荔枝，這種昏庸、殘酷統治下的國家必然會出現危機。而楊貴妃的死讓唐明皇最終悔悟，二人才得到美滿的結局。這是作者對二人愛情的昇華，也是美好的寄託。《長生殿》不僅具有深刻的內容，而且場面壯麗，情節曲折，具有濃厚的抒情色彩，曲詞優美，在藝術表現上達到了清代戲曲創作的最高水準。

《紅樓夢》

《紅樓夢》原名《石頭記》，作者是清代文學家曹雪芹。它是一部具有高度思想性和藝術性

《紅樓夢》「黛玉葬花」

的偉大作品，代表了中國古典長篇小說創作的最高成就。

小說以賈、史、王、薛四大家族的興衰為背景，以賈寶玉、林黛玉、薛寶釵的愛情婚姻故事為主線，歌頌追求自由、幸福的叛逆者，並透過叛逆者的悲劇命運預見封建社會必然走向滅亡的結局。小說人物繁多，所涉及的內容極其廣泛，是一部反映中國封建社會生活的百科全書。

《紅樓夢》的結構突破了以往小說線索單一的傳統模式，它善於運用宏大的場面描寫，使眾多的人物形象活動於同一時空，使情節更為緊湊而完整。中國古典小說一向不太重視人物的心理描寫，《紅樓夢》中對人物的內心描寫則極為深入。它還以異常細膩的文筆逼真地展現了人物所在的生活場景和社會面貌。它的語言準確傳神、多姿多彩，具有高度的概括力，達到了爐火純青的境界。它塑造了眾多鮮明的人物形象。不僅主要人物賈寶玉的叛逆、林黛玉的多愁善感、薛寶釵的淡然穩重、王熙鳳的潑辣張狂深入人心，那些陪襯人物如晴雯、探春、賈母、史湘雲、劉姥姥等也是個性鮮明，令人印象深刻。書中對詩詞書畫、醫藥膳食、建築花草等的描寫也都細緻入微，令人感嘆作者的博學多才。

無論是思想性還是藝術性，《紅樓夢》都達到了古典長篇小說的巔峰，成為中國乃至世界文學史上永恆的豐碑。

《儒林外史》

《儒林外史》是中國古代最優秀的諷刺小說，作者為清代小說家吳敬梓。諷刺小說是指用嘲諷的態度、誇張的藝術手法來揭露生活中消極腐朽、醜陋邪惡現象的小說。它運用諷刺的手法，犀利地描寫人物形象的畸形、矛盾、可笑，塑造喜劇性的人物形象，從而達到抨擊、警示、教育等目的。在小說發展史上，《儒林外史》是諷刺小說的奠基之作，為以後諷刺小說的發展開闢了道路，影響深遠。

這部小說裡描寫了眾多當時深受科舉制度毒害的儒生，反映了當時迂腐敗壞的社會風氣。比如「范進中舉」的故事：范進在中舉人之前，家裡一貧如洗，窮得連吃飯都是問題。范進還是一心科考，後來真的中了舉人，他在狂喜之下竟然當場瘋了。幸好他的岳父胡屠夫一巴掌打醒了他。而這時候，當地有頭有臉的人物忽然變得跟范進親近起來，爭著給他送禮，原來看不起他的岳父也對他恭敬起來，讓他的地位一下子發生了質變。再如，書生周進屢次參加科考，總是無功而返。他周圍的人都譏諷他，挖苦他。而在他中舉之後，那些扒高踩低的小人態度立馬發生了大轉變，都來奉承他，誇讚他的學問。

這部小說透過描寫形形色色的人物對於科考和功名錶現出來的本性，諷刺了人性在封建社會中被啃噬的現象，批判了封建科舉制度的虛偽、腐敗，同時也讚揚了一些小人物堅持不懈的精神。它的語言準確、精練而富於形象性，諷刺辛辣而深刻，手法誇張而不失真實，每個故事都把要表達的諷刺意味融入其中。高度的思想性和藝術性使《儒林外史》成為諷刺小說的典範，並使諷刺小說成為清代重要的小說流派之一。

第四章

熠熠生輝的人物形象

牛郎織女

牛郎和織女是廣泛流傳的一個愛情故事中的主角。這個故事講述了牛郎、織女之間的曲折愛情，讓無數青年男女追求美好的愛情。

「牛郎」、「織女」的相關文字最早出現在《詩經·小雅·大東》中，但詩中的「織女」、「牽牛」只是指天上的星星，並沒有演化成愛情故事。漢代的《古詩十九首·迢迢牽牛星》以「牽牛星」與「河漢女」的愛情為題材，說明當時已有相關傳說。後來，南北朝時期的《述異記》、《荊楚歲時記》裡都出現了記載牽牛、織女故事的完整片段，內容大同小異，如後者所記：「天河之東，有織女，天帝之子也，年年織杼勞役，織成雲錦天衣。天帝憐其獨處，許嫁河西牽牛郎。嫁後遂廢織紝。天帝怒，責令歸河東，唯每年七月七日夜，渡河一會。」

牛郎織女

在後來民間廣為流傳的故事中，牽牛演變成了凡間的一個窮苦孤兒。他依靠哥嫂過

活，被嫂子趕出家後，靠著僅有的一頭老牛生活。老牛通靈性，有一天，織女和別的仙女到凡間來嬉戲，在老牛的幫助下，織女做了牛郎的妻子。他們男耕女織，辛勤勞作，生了一兒一女，生活過得雖不富有，但十分幸福。不料天帝知道了這件事，命令王母娘娘找回織女，使她返回天庭。牛郎又在老牛幫助下追趕織女。王母娘娘拔下頭上的金釵，在天空中劃出了一條波濤滾滾的銀河。牛郎沒有辦法渡過河去，只能在河邊眺望織女。日久天長，他們的愛情感動了喜鵲。喜鵲搭成一道飛跨天河的鵲橋，牛郎織女得以在橋上相會。最終天帝只好允許他們每年七月七日在鵲橋上相會一次。這個故事寄寓著古代勞動人民對幸福生活和美好愛情的嚮往與追求，後來也成為小說、戲劇等文藝作品的題材。牛郎和織女的動人形象家喻戶曉。

孟姜女

孟姜女是中國古代著名民間故事中的主角，其形象在民間廣為流傳。孟姜女傳說的最初形態可追溯到《左傳·襄公二十三年》裡的一個故事。這個故事是褒揚杞梁妻（後世孟姜女的原型）在喪夫的哀痛之際，仍然能以禮處事。西漢劉向第一個記述崩城之事。

他在《列女傳》中先重述了《左傳》中杞梁妻的故事，然後續寫道：杞梁死後，杞梁妻抱著丈夫的屍體在城下痛苦，哭聲十分悲苦，過路人無不難過。十天以後，城牆也因為她的哭聲而倒塌了。到了唐代的相關記載中，杞梁妻的故事發生了天翻地覆的轉變。杞梁由春秋的齊人變成秦朝的燕人；杞梁妻的名字也出現了，她姓孟名仲姿，或姓孟名姜女；杞梁不再是戰死疆場，而是因躲避勞役被捉，而被築於城牆之內。所以他的妻子要向城而哭。築於城牆之內的屍骨實在太多了，只有滴血認骨才能辨別死者的身分。後來城牆終於在她的哭聲中崩塌，她也找到了丈夫的屍骨。

元代時中國的戲曲十分發達，像孟姜女這樣的故事，富有生命力和創作空間，自然而然成為戲曲創作的題材。到了明清時期，孟姜女的故事在民間繼續廣泛流傳。這一故事不僅流傳的時間長，而且影響的地域十分廣泛。不同的地區對這個故事做了不同的改編，使孟姜女的傳說呈現出強烈的地域色彩。

孟姜女貞烈剛強、反抗暴政徭役的形象，反映了普羅大眾的願望，具有永久的藝術生命力。

劉蘭芝

劉蘭芝，東漢末年廬江郡（今安徽懷寧）人，十七歲時嫁給當地的一個小官吏焦仲卿為妻。兩人婚後恩愛美滿。但焦母容不下她，認為她沒有禮節，凡事愛自作主張，命令焦仲卿把她休棄。劉蘭芝被休回家後，她脾氣暴躁的哥哥逼她改嫁。蘭芝無奈，只得應允。在新婚之夜，蘭芝投水自盡，焦仲卿亦殉情而死。得知兒子的死訊後，焦母悲慟不已，劉家兄長也非常悔恨。兩家將兩人合葬在華山（當地的一座小山）上。後來焦仲卿與劉蘭芝的墓地，東面、西面植松柏，南面、北面種梧桐。若干年後，樹木枝葉繁茂，濃蔭覆地，有雙棲雙飛的鴛鴦穿飛上下，婉轉和鳴。許多青年男女來到墓地參拜，祈求獲得美滿的姻緣。

記敘劉蘭芝故事的〈孔雀東南飛〉，原題為〈古詩為焦仲卿妻作〉。全詩有三百五十餘句，共一千七百餘字，控訴了殘忍無情的封建禮教，歌頌了焦劉夫婦之間的真摯感情和勇於抗爭的精神。這首詩是漢樂府民歌中最傑出的長篇敘事詩，和北朝的〈木蘭詩〉合稱為「樂府雙璧」。

〈孔雀東南飛〉成功塑造了劉蘭芝、焦仲卿、焦母、劉兄等幾個鮮明的人物形象，其中以劉蘭芝的形象最為動人。詩中用了許多筆墨來描寫劉蘭芝的美麗大方、勤勞能幹和多才多藝。如此難得的佳人，竟然因為無法博得婆母的青睞，而落得如此悽慘的結局，更增強了詩歌的批判性。更為難得的是，劉蘭芝具有當機立斷、永不向壓迫者低頭的倔強性格，這使她成為古代文學作品中最光輝的婦女形象之一。

如今，〈孔雀東南飛〉的故事不斷地被搬上銀幕和舞臺，劉蘭芝的光輝形象和動人故事依舊能夠讓人潸然淚下，可見其不朽的藝術魅力。

關羽

關公，也就是關羽，千百年來一直被人們視為勇武、忠義的象徵。歷代統治者將他作為忠君愛國的典範，為之立廟祭祀，甚至尊他為「武聖」，與「文聖」孔子並列；民間也將其奉為神靈。

關羽是歷史上的真實人物，他是三國時

關羽

期功勛卓著的名將，為蜀漢政權的建立立下了汗馬功勞。但他之所以能被後世奉為神靈，還得益於文學藝術作品對其形象的加工和改造。其中塑造關羽形象最為成功的作品，當推《三國演義》。《三國演義》中的關羽，集忠義、勇武、智慧於一身，因此受到後人推崇。

忠義是關羽主要的性格特徵。他不得已投降曹操時，與曹操立下約定，一旦打聽到劉備的消息即刻離開。曹操想盡一切辦法收買他，他都毫不動搖。得知劉備下落後，他毅然「掛印封金」，千里尋兄，一路上過五關斬六將，終於與劉備相會。對於關羽而言，劉備既是結義兄長，又是君主，所以關羽的行為既是對兄長的義，也是對國君的忠。忠義是古人極為看重的品格，也是關羽形象深入人心的主要原因。

勇武也是關羽的標籤。十八路諸侯討伐董卓時，尚未成名的關羽憑藉「溫酒斬華雄」、「三英戰呂布」而名揚天下。在以後的戎馬生涯中，他斬顏良，誅文醜，單刀赴會，水淹七軍，戰功赫赫。華佗為他刮骨療毒，他竟還能談笑自若，令一代神醫讚為天神。這些故事將關羽的勇武表現得淋漓盡致。

《三國演義》中的關羽不僅勇武，而且富於智慧。單刀赴會時，他與魯肅巧妙周旋，最終全身而退。在如此危急的時刻能做到毫不慌亂，巧妙應對，在布防嚴密的吳軍中毫髮無傷，足見其機智過人。水淹七軍的故事也反映了關羽的智勇雙全。他利用天氣和地勢，以水攻擊垮曹操大軍，生擒曹軍名將于禁，斬殺龐德，取得了輝煌的戰績。

當然，人無完人，《三國演義》也寫出了關羽心高氣傲、剛愎自用的缺點。這使得關羽的形象更為立體、豐滿，避免了人物性格簡單化的藝術缺陷。

張飛

在《三國演義》中，張飛是最為廣大讀者所熟悉、喜愛的人物之一。其外貌、性格令人印象深刻。

《三國演義》第一回寫劉備讀了官府招兵的榜文後，慨然長嘆。「一人厲聲言曰：『大丈夫不與國家出力，何故長嘆？』玄德（劉備）回視其人，身長八尺，豹頭環眼，燕頷虎鬚，聲若巨雷，勢如奔馬。」這便是對張飛外貌、聲音、氣勢的描寫。寥寥幾筆，就將張飛威猛豪爽、霸氣十足的特點刻劃得淋漓盡致。

張飛是極重情義之人。「不求同年同月同日生，只願同年同月同日死」，這是劉備、關羽和張飛桃園結義時所發的誓言。關羽死後，張飛說：「昔我三人桃園結義，誓同生死；今不幸二兄半途而逝，吾安得獨享富貴耶！」他急於為兄報仇，最終為部下所害。

威猛粗豪是張飛的主要特點。鬥呂布、戰馬超、喝退百萬曹軍，這都表現了他威猛無敵的英雄氣概。但他有時過於魯莽、暴躁，最終也因此招來殺身之禍。不過張飛也不完全是個莽夫，他粗中有細，作戰時也會靈活運用策略。詐醉擒劉岱、長坂橋智退曹軍、智擒嚴顏、智破張郃都是他運用策略取得的勝利。

劉備

在《三國演義》中，劉備是一位集寬仁、忠厚、慈善、好施、善於籠絡人心為一體的英雄。他胸懷大志，想復興漢室；他忠厚仁義，從不做殘暴之事。因此，劉備深得人心，籠絡了關羽、張飛、諸葛亮等一批頂尖的謀臣武將。劉備進入巴蜀之地後，拉攏當地的豪門士族，發還他們土地和房屋，鼓勵農業生產，使他在蜀國更得民心。

識人善用，是劉備突出的性格特點。在劉備創業前期，他勢單力薄、顛沛流離。雖然占據過徐州，但兩次都失守了。因此，他明白只靠一己之力是不可能在當時動亂的局面中站穩腳跟的。後來他三顧茅廬，得到諸葛亮的輔助，逐漸在群雄四起的東漢末年脫穎而出，建立了蜀國，形成了三國鼎立的局面。禮賢下士、慧眼識才，雖然這是劉、孫、曹三人共有的品質，但在劉備身上表現得尤為突出。

劉備不僅識人善用，而且心胸寬廣，寬厚待人。在夷陵之戰中，劉備大軍潰敗，部將黃權率軍投降曹魏。當時劉備的大臣、謀士都勸劉備把黃權一家滿門抄斬，但劉備並沒有這樣做，說黃權是迫不得已才降於曹魏，仍像以前那樣善待黃權的家人。身為皇帝，有多少人能有劉備這樣廣闊的胸懷？所以後人都以寬仁評價劉備。

「以德服人」是劉備的人生信條。趙雲因何甘心輔佐劉備？他身陷重圍，奮力救出幼主劉禪，歸見劉備。劉備竟將兒子擲於地上，說道：「為汝這孺子，幾損我一員大將！」因劉備之德，關羽、張飛、趙雲、諸葛亮等人才盡心盡力地擁護他。

諸葛亮

歷史上的諸葛亮，字孔明，是三國時期著名的政治家、軍事家。他在世時被封為武鄉侯，死後追謚忠武侯，東晉政權因其軍事才能卓越而追封他為武興王。代表作有〈出師表〉、〈誡子書〉等。《三國演義》中的諸葛亮，經過羅貫中濃墨重彩的藝術加工，儼然成為了卓越智慧的化身。

書中的諸葛亮不只上知天文，下知地理，而且具有無與倫比的軍事與政治才能，百戰不殆。他忠心耿耿，為國為民，鞠躬盡瘁，死而後已，是一位近乎完美的賢相形象。

作者在諸葛亮出場之前，就透過別人對他的評價，大力渲染其曠世之才。劉備多次拜訪，都未能見到他，吊足了讀者的胃口。後來諸葛亮一出場，就為劉備分析當前局勢，「未出茅廬而知天下三分」，令劉備恍然大悟，嘆服不已。在聯吳抗曹的過程中，諸葛亮先是到東吳「舌戰群儒」，說服孫權聯合劉備抗擊曹操，後來一面與東吳合作抗曹，一面又要應對周瑜等人的算計。要知道，曹操、周瑜都是頂尖的謀略家，諸葛亮周旋於多方勢力之間，遊刃有餘，「草船借箭」、「三氣周瑜」等故事，展現出他非凡的智慧與膽識。後期蜀漢人才凋零，諸葛亮仍以驚人的毅力與才能勉力支撐。「七擒孟獲」、「空城計」、「巧布八陣圖」等情節中依然可見其傑出的軍事才能。可惜當時大勢已去，諸葛亮也無力回天，最終抱憾而終，令人嘆息！

諸葛亮

諸葛亮的智慧不僅展現在對敵方面，他在竭力謀劃破敵之策的時候，也沒忘記調和己方內部的矛盾。能讓所有猛將、謀士和睦相處，這也是一種智慧。在治國方面，諸葛亮也具有傑出的才能。他嚴明法紀，選賢任能，節約資源，發展經濟，使國庫充實，百姓安居樂業。

諸葛亮以完成漢王朝的復興為目標，面對「扶不起來的阿斗」，他也絕不放棄，依舊竭盡所能，死而後已。這種不屈不撓的精神也令讀者感動不已。

曹操

羅貫中對曹操這一人物形象的塑造是多元、全方位的。他既是一個生性多疑、心狠手辣的極端個人主義者，也是一位擁有雄才大略的軍事家、政治家。

小說中的曹操首先是一個生性多疑、自私殘忍的人物。曹操從司徒王允處借來七星寶刀，刺殺董卓未果。在逃跑途中，他經過親戚呂伯奢家。後來竟因為懷疑呂伯奢要殺他，而殺害呂伯奢全家，還說「寧教我負天下人，休教天下人負我」。這展現了曹操的殘忍、多疑，也使他成為讀者心中不折不扣的反面人物。後來，赤壁之戰時，曹操也是因為多疑，誤信了周瑜偽造的書信，殺死了自己的兩名水戰大將蔡瑁和張允，使自己在赤壁之戰中失利。

小說中的曹操還是一個貪戀權勢、驕奢淫逸的人物。他有強烈的個人野心和權勢慾望。他「挾天子以令諸侯」，以皇帝的名義發號施令，獨攬大權，把持朝堂。他「名為漢相，實為漢賊」，不可一世。漢獻帝在曹操的眼裡，不過是一個「兒皇帝」，一個傀儡；朝臣在曹操的眼裡，不過是裝點門面的可供自己利用的工具。只要是曾經反對過他的人，都被他視為眼中釘，必欲拔除而後快。

《三國演義》中的曹操也有英雄的一面。他有雄才大略，見識過人；他知人善用、求才若渴的品格，使得麾下聚集了眾多的賢能之士。正是手下文臣武將的運籌謀劃和拚死戰鬥，才使曹操的勢力逐步擴大。在官渡之戰中，他憑藉才智和膽識以弱勝強，打敗了袁紹，並先後打敗呂布、劉備等豪杰。曹操不愧為亂世梟雄。

同時，從小說的字裡行間，我們也可以看出曹操是一個很重情義的人。曹操大敗劉備，將關羽困在了土山。曹操因為愛才，並未過分為難關羽。他和關羽約法三章，厚待關羽。在得知劉備的下落後，關羽帶著劉備的家眷離開，曹操也並未下令攔截。「過五關斬六將」、「千里走單騎」既成就了關羽的千古美名，也成就了曹操的美名。

總之，《三國演義》寫出了曹操性格的多元、複雜性，塑造了一個鮮活、生動、豐滿、深刻的人物形象。

周瑜

周瑜，字公瑾，東漢末年著名軍事家、策略家。他出身士族，是洛陽令周異之子，丹陽太守周尚的姪子。周瑜與孫策同年出生，交情甚密。後來孫策在狩獵時遇刺身亡，臨終前將大權授予其弟孫權。周瑜竭力輔佐孫權，為後來吳國的建立立下了汗馬功勞。後在征戰途中染上重病，病逝時年僅三十六歲。

在《三國演義》中，周瑜是一位出色的策略家。孫策臨終前曾再三囑咐孫權：「外事不決，可問周瑜。」赤壁之戰前，周瑜為孫權分析了曹操與孫權兩軍的勝敗關鍵，他主張與劉備聯合，共同抗曹，堅定了孫權聯劉抗曹

周瑜

的決心。他利用曹操多疑的特點，巧施妙計，除去了曹軍中熟悉水戰的菜瑁、張允；又與黃蓋演了一出苦肉計，讓黃蓋詐降，獲得了靠近曹軍戰艦的機會。曹操中了周瑜的計策，戰艦被燒燬，大敗而歸。赤壁之戰的勝利充分展現了周瑜的政治遠見和軍事才能。

《三國演義》中的周瑜還有妒賢忌能、心胸狹窄的一面，這一性格特點最明顯地展現在他與諸葛亮的才智比拚上。當他發現諸葛亮的才智高於自己時，便處心積慮要除掉諸葛亮。周瑜企圖借曹操之手殺掉諸葛亮，故派他前往聚鐵山斷曹操的糧道；後又命他十天之內造十萬支箭，企圖借軍法以殺之；諸葛亮借來東風以後，周瑜又派徐盛、丁奉兩個將軍各帶一百人，從水陸兩路往南屏山進發，企圖以武力殺之……但這些詭計都被諸葛亮一一化解。孫劉聯軍打敗曹操之後，當周瑜與諸葛亮直接交鋒時，周瑜的計謀在諸葛亮面前就顯得更加不值一提。如圍繞著奪南郡、取荊州等進行的明爭暗鬥，都以周瑜的失敗而告終。最後，周瑜在荊州城前被諸葛亮氣得大叫一聲，箭瘡復裂，墜於馬下。臨到絕命之時，他發出了「既生瑜，何生亮」的長嘆。

花木蘭

花木蘭是中國古代著名的巾幗英雄形象。她忠孝兩全，女扮男裝替父從軍，征戰十餘載，擊敗了入侵者。她的故事流傳上千年，家喻戶曉。

花木蘭的形象最早見於北朝樂府〈木蘭詩〉。這首傑出的敘事詩，講述了一個極富傳奇色彩的動人故事：木蘭生活在一個戰亂頻繁的年代。有一年，統治者大規模徵兵，軍帖上有木蘭父親的名字。但木蘭的父親年老多病，木蘭不忍心讓父親上戰場，她又沒有兄長，只得自己脫下女兒裝，披上戰袍，替父親奔赴沙場。從此，木蘭像男子一樣馳騁疆場。她身經百戰，出生入死，屢立奇功。十餘年後，戰事平息，木蘭終於歸還故鄉，恢復了女兒裝。

木蘭不顧欺君之罪，代父從軍；不顧個人安危，征戰沙場。征戰十餘年，木蘭衝鋒陷陣，從未在夥伴面前露出任何女子的跡象。

從〈木蘭詩〉到明清戲曲、小說，再到近現代話劇、電影，花木蘭的形象越來越豐滿。為了使父親安度晚年，也為了保衛家園，她不顧個人得失，義無反顧地趕赴戰場，表現出勇敢、堅毅的英雄氣概，千百年來感動了無數人。

宋江

「眼如丹鳳，眉似臥蠶。滴溜溜兩耳垂珠，明皎皎雙睛點漆。唇方口正，髭鬚，地閣輕盈；額闊頂平，皮肉天倉飽滿。坐定時渾如虎相，走動時有若狼形。」這就是《水滸傳》的主角——宋江。

宋江的第一個特點就是俠肝義膽、義薄雲天。小說透過寫他義釋晁蓋、對窮人樂善好施等事蹟，正面寫出他的仁義；又從知縣不願給他判罪、很多人為他送去免費的酒水、被抓後還有人故意放掉他這些側面描寫，來突出他的俠肝義膽、深得人心。

宋江第二個特點是知人善用，有高超的領導能力。他本身不善文，也不善武，但他的部下個個身懷絕技。吳用、朱武的計謀可謂變化多端、鬼神莫測；盧俊義、林沖、花榮、魯智深、武松等人則是武林中的精英。宋江以仁義為基礎，加以能人相佐，逐步走上了權力的巔峰。

宋江俠肝義膽、樂善好施，在別人需要幫助時總能出手相助，為人排憂解難，因此贏得了「及時雨」的美譽；因為他面黑身矮，又孝敬老母，為人仗義，便有了「孝義黑三郎」的稱呼。

但他一心想要報效朝廷，後來被朝廷招安，帶領兄弟為朝廷賣命，落得個悲慘的下場，讓讀者唏噓不已。

武松

武松，綽號「行者」，性格衝動，武藝高強。武松在《水滸傳》中首次出場，是在柴進的莊上。當時醉酒的宋江一腳把火裡的碳掀到武松臉上，武松頓時大怒，提手便要打人。這足以顯示他性格中衝動、魯莽的一面。

武松

從武松助施恩從蔣門神手中奪回快活林這件事，又可以看出他「路見不平，拔刀相助」的義氣豪情。武松得知施恩想要尋求幫助後，二話不說就答應了，可以看出他也是一個根據自己主觀意志去行事的人。

景陽岡打虎展現出武松的大膽、勇猛與豪情，使他聞名於江湖；醉酒後不聽店家勸阻，貿然上岡，也展現出他魯莽、衝動的性格特徵。

武松為兄長報仇後，竟然去自首。他對鄰居說：「小人因與哥哥報仇雪恨，犯罪正當其理，雖死而不怨。」他認為為兄長報仇是他本就應該做的事，並不感到後悔，同時他也知道自己的行為是違背法理的，犯了罪就必須接受相應的懲罰。由此可見，武松還是一個勇敢承認錯誤、公私分明的人。他當時還信奉朝廷的律條，是因為他還沒有看到統治者的罪惡本質。

在得知蔣門神串通張都監與張團練向自己下毒手之後，武松便大開殺戒。他之所以下此狠手，與曾經放走蔣門神一事有關。他的一念之仁差點讓自己丟了命，此事給了武松一個深刻的教訓，他也逐漸看清了官場及社會的黑暗。

總體來說，武松仗義正直、愛憎分明，具有強烈的鬥爭精神，是《水滸傳》中最深入人心的人物形象之一。

魯智深

魯智深是梁山泊第十三位好漢，在步軍頭領中排第一位。他原名魯達，當過提轄，又稱魯提轄。他身上刺滿花繡，出家後人稱「花和尚」。他長得身長八尺，面闊耳大，鼻直口方，為人慷慨大方，疾惡如仇，愛憎分明，豪爽直率。

他見鄭屠（鎮關西）欺侮金翠蓮父女，三拳將其打死，被官府追捕。逃亡途中，經金翠蓮的丈夫趙員外介紹，魯達到五臺山文殊院落髮為僧，智真長老賜他法名「智深」。他從此有了安身之處。

後來魯智深醉酒鬧事，無法再在五臺山立足。智真長老修書一封，讓他去投奔東京大相國寺的智清長老。魯智深在途中又行俠仗義，大鬧桃花村，火燒瓦罐寺。他到了東京大相國寺後，智清長老不敢把他安排在廟裡，就派他去看守菜園。一群經常去菜園搗亂的潑皮準備把新來的和尚扔進糞坑裡，給他一個下馬威。他們拿著禮品，假惺惺地對魯智深說：「我們是街坊鄰居，特來祝賀的。」魯智深見這些人不肯進屋說話，站在糞坑邊不動，便有些疑心了。領頭的張三和李四跪了下來，想等魯智深來扶他們時，抓住魯智深的腳，把他掀翻。但魯智深的動作更快，嗖嗖兩腳，張三和李四就掉進糞坑裡。魯智深把自己的出身告訴那群潑皮，嚇得他們屁滾尿流地回去了。第二天他們殺豬買酒，恭恭敬敬地來請魯智深，嘴裡師父長師父短的。正吃著喝著，一棵楊柳樹上烏鴉哇哇亂叫起來。張三說烏鴉叫不吉利，李四就要拿個梯子去拆烏鴉窩。魯智深說：「哪要什麼梯子！」便脫了衣服，走到樹下，弓下身去，右手在下，左手在上，腰部一使勁，竟將柳樹連根拔起！從此，這群潑皮對魯智深心服口服，每天拿酒菜來款待他。

魯智深在東京結識了林沖。後來林沖被高俅陷害，發配滄州。高俅還指使兩個解差在押解途中害死林沖。魯智深擔心林沖被害，一路暗中保護他。到了野豬林，兩個解差要動手害林沖時，魯智深及時出手，救了林沖一命，後來又一路護送林沖，使他平安到達滄州。魯智深因此得罪了高俅，在東京難以安身，只能流落江湖，在二龍山落草，後歸梁山。

梁山接受朝廷招安，征討方臘大功告成後，魯智深不願接受朝廷封官，在杭州六和寺出家，後在寺中圓寂。

魯智深性格單純樸實、疾惡如仇，敢與惡勢力鬥爭到底。他是《水滸傳》中最光輝的人物形象之一。

林沖

林沖綽號「豹子頭」，是梁山一百零八將中排名第六的好漢，馬軍五虎將之一。

林沖是被逼上梁山的典型。他原本是東京八十萬禁軍教頭。妻子去東嶽廟上香時，被太尉高俅的養子高衙內調戲，林沖喝止，高俅與高衙內記恨在心，便設計陷害他，令他帶刀進入禁軍重地。林沖百口莫辯，被刺配滄州，途中又差點被高俅的手下殺害，幸得魯智深「大鬧野豬林」相救。後來他被發配看守草料場，卻又遭到高衙內親信放火陷害。林沖輾轉得知自己又被設計，終於忍無可忍，殺死了陷害他的三人，懷著一腔憤恨上了梁山，加入了反抗朝廷的隊伍。

林沖性格的發展，主要分為三個階段：一是最初在官場，隱忍少言，不得罪官僚，對朋友講義氣；二是被陷害後，開始對官場和人生重新審視，卻沒有放棄對朝廷的幻想，雖無機會展現身手，但仍然留在體制之中；三是逼上梁山之後，徹底與朝廷決裂，成為敢愛敢恨、堅強不屈的勇士。林沖的改變也暗示了作者的觀點，即對於腐敗的朝廷，只有徹底反抗才能擺脫困境，一味地隱忍只會讓自己走投無路。

林沖

竇娥

竇娥是元代劇作家關漢卿雜劇《感天動地竇娥冤》裡的主角。她是貧儒竇天章的女兒，因為父親需要錢來還債、進京趕考，她便被賣到蔡婆婆家做童養媳。後來丈夫早逝，她便與蔡婆婆相依為命。然而，就連這相依為命的清苦日子也沒有維持多久。張驢兒父子盯上了竇娥，便想毒死蔡婆婆，霸占竇娥。不料，有毒的飯菜被張驢兒的父親吃了，將他當場毒死。張驢兒便誣告竇娥殺人。為了不讓婆婆受嚴刑拷打之苦，竇娥許下「六月飛雪、血飛上白練、楚州三年大旱」三樁誓願，認罪被判死刑。後來三樁誓願一一應驗。她的冤情直到其父做官回來才得以昭雪。

竇娥是封建時期受壓迫婦女的典型，骨子裡有著強烈的反抗精神。最初，她只是被迫無奈，被賣做童養媳。婆婆喜歡她，待她極好。她也孝順賢惠，在丈夫死後盡心供養婆婆，並不抱怨命運，也不嫌棄日子清苦。而她的反抗性格的爆發，就從張驢兒開始騷擾她們開始。她有自己做人的準則，不論生活多麼清苦，也絕不做有違原則的事。她雖是一介弱女子，但頑強地與惡勢力對抗，毫不屈服。直到被誣告到了官衙，她仍然極力抗爭，極其倔強。在婆婆受刑之後，她內心痛苦萬分，最終不忍心再戰鬥，便自己頂下罪名。但她的認罪也不是頹敗的認罪，而是堅決地對天地鬼神發起了控訴，許下的三樁誓願感天動地。最終，她轟轟烈烈地奔赴刑場。而就在去刑場的路上，這樣剛烈的女子還惦記著婆婆，怕她看見自己受刑，經不起打擊。竇娥的悲劇性正在於她自覺地符合貞潔、孝順的封建倫理，最終卻被封建社會冤殺。

竇娥性格鮮明，她的故事極具悲劇色彩，甚至成了「冤屈」的代名詞，千百年來感動了無數人。

杜十娘

杜十娘是明代小說家馮夢龍的小說《警世通言．杜十娘怒沉百寶箱》中的主角。她是當時京城的「教坊名姬」，美麗、善良而又聰慧，無奈十二三歲便被賣到青樓，過了七年屈辱的生活。她萬分渴望過上平常百姓的生活。一日，富家子弟李甲來到青樓。杜十娘與李甲一見鍾情，欲對李託付終身，不料受到重重阻礙。一方面是李甲的父親不同意李甲娶青樓女子，修書命他速速返京；另一方面，青樓的鴇母見李甲的銀子都花光了，便要他拿出三百兩銀子來贖十娘。於是，十娘便將自己積蓄的一百五十兩給李甲，李甲又借得一百五十兩，將銀子交給鴇母。鴇母見狀當場反悔，十娘便斬釘截鐵地告訴鴇母，如果不放走自己，她就自盡，到時候人財兩空。這樣，十娘與李甲才一起離開了這裡。十娘帶著她的百寶箱，路途中的費用都是從百寶箱中所出，李甲十分感激。不料，二人渡江之時遇見了浪蕩子弟孫富。孫富想將十娘占為己有，便找李甲商量，以千金作為交換。李甲想到自己身無分文，父親又不同意，竟然應允了孫富。十娘傷心欲絕。她假裝應允，等孫富送來千金後，她打開了自己的百寶箱。箱內之物價值何止萬金！李甲極為震驚，哀求十娘諒解，但十娘心灰意冷，將百寶箱扔進江中，然後跳江自盡。

杜十娘雖是生活在社會最底層的女子，但她潔身自好，追求最平凡的自由和愛情。然而，她最期待的東西被她最信任的人踐踏得一文不值。李甲的見利忘義使她徹底絕望。她的縱身一躍，是對殘酷現實的悲情控訴，她的高尚人格也在這一刻展現得淋漓盡致。杜十娘也成為中國古代文學史上最為光彩奪目的女性形象之一。

白素貞

白素貞是中國古代傳說《白蛇傳》中的主角。關於她的最早的成型故事，是明代馮夢龍的《警世通言·白娘子永鎮雷峰塔》。這篇小說講述的是杭州藥商許宣（後來的傳說中演變成「許仙」）在西湖渡船時，遇見了千年蛇妖化成的白娘子，即白素貞。不久，天降大雨，許宣將傘借給白娘子。在去白娘子家取傘時，許宣被白娘子勾引成婚。白娘子將盜用的官銀給許宣使用，許宣因此多次被抓。後來白娘子的身分被許宣識破，白娘子以全城人性命相威脅。最後法海制服了她，並將她鎮壓在雷峰塔下。

後來，經過長期的發展演變，白素貞的傳說已和最初的版本完全不同。白娘子為了報許仙前世的救命之恩，來到許仙身邊，和他開藥鋪，用自己的法術為大家治病，讓許仙成為遠近聞名的神醫。後來，法海和尚從中破壞，抓走許仙來要挾白素貞。白素貞不得已，水漫金山寺，才救出許仙。她不敵法海，將要逃走之時，聽到她和許仙之子許仕林的一聲啼哭，又從逃走的路上返回來，落入了法海的陷阱，被關進了雷峰塔。後來，許仕林考中狀元，去看望白素貞，卻無法改變母親的命運。數百年後，她的義妹小青燒了雷峰塔，才將她救出。

如此，白素貞也成為了賢妻良母的理想形象。她美麗、善良、法術高超，與丈夫更是相敬如賓，共同經營著一個幾乎完美的家庭。白娘子的愛是偉大的，她為了丈夫甘願付出自己的一切。在端午節不慎變回原形，嚇死許仙後，她不惜硬闖天宮，冒著粉身碎骨的危險求取靈芝，救活了許仙。她也說過「只要官人福壽全，自己寧可不成仙」的感人言語。而她之所以演變成今天這樣善良的形象，是因為她寄託了人們對幸福生活的嚮往。

孫悟空

孫悟空是《西遊記》中的主角。這本書講述了孫悟空一行人幫助唐僧取經的故事。孫悟空一路降妖除魔，盡顯英雄本色，是書中塑造得最為成功的人物形象。

他本是一隻從石頭中蹦出來的猴子，從菩提老祖那裡學來了七十二變和翻筋斗雲的

孫悟空

高超本領，後來因為大鬧天宮，被如來壓在五行山下。五百年後，唐僧把他解救出來，一起去西天取經。孫悟空一路保護師父，歷盡各種磨難，最終取得了真經。

孫悟空好戰，藐視一切權威。他出世以後過著不服麒麟轄，不服鳳凰管，又不服人間拘束的自由自在的生活。在龍宮，他幾次三番找龍王要武器，最終把定海神針——如意金箍棒取走，鬧得龍宮不得安寧。後來在天庭做官，他又大鬧天宮，把天兵天將打得落花流水，將玉皇大帝嚇得驚慌失措。孫悟空這種大膽叛逆、追求自由的性格被表現得淋漓盡致。

他還疾惡如仇，重情重義。他仇恨一切殘害百姓的妖魔鬼怪，對受苦受難的老百姓和善良的人們有著深厚的感情。在比丘國，他降服了白鹿精，救了一千多個小孩的性命。在隱霧山，他打死了豹子精，救出了貧窮、可憐的樵夫。他三借芭蕉扇，熄滅了火焰山的大火，既打通了西行的道路，又救助了當地的窮苦百姓。白骨精三次扮成好人接近唐僧，一心想要吃唐僧肉，但都被孫悟空的火眼金睛看穿，於是他揮棒打跑了白骨精。唐僧固執地認為孫悟空傷害好人，把他趕走了。最後白骨精抓走了唐僧，被師父攆走的孫悟空又回來救出了師父。這展現了孫悟空對師父的忠心耿耿和重情重義。

孫悟空還擁有廣大的神通和超凡的智慧。他有厲害的火眼金睛，有神奇的七十二變，有一個跟頭翻十萬八千里的神通，還有一件大小隨意變化的武器——如意金箍棒。但他不因自己神通廣大就放鬆警惕，相反，他能夠在異常複雜的情況下，迅速發現疑點，揭開妖魔的面具。

孫悟空這一形象凝結著古代人民腦海中正義、機智、勇敢的化身。

唐僧

《西遊記》中唐僧的性格特點是堅韌、慈愛、有領導力，又軟弱、易焦慮。

作者著力塑造了唐僧這一具有執著追求、性格堅韌不拔的人物形象。他信念堅定，雖然歷盡磨難，但從未想過退縮。

唐僧在取經路上先後收了三個徒弟，他們的性格各不相同：悟空神通廣大、機智勇敢，卻頑皮、叛逆；八戒憨厚忠實卻自視清高，又好吃懶做；沙僧任勞任怨，但缺乏主見。這三個人就像三根木棍，無法自行聚攏在一起，只有用一根繩子才能讓他們牢牢地抱在一起，而唐僧就是那根繩子。從整部書來看，唐僧確實具有領導能力。他對待自己的徒弟仁德厚道，而且公平，獎罰分明。他尊重每一個人，不會拿自己的徒弟開玩笑，並教導徒兒「要以慈悲為懷」。同時，唐僧能夠發現徒弟的潛能，並為他們分配合適的任務。悟空機靈活潑且本領高強，唐僧就讓他探路，為全隊保駕護航；八戒忠實但好吃懶做，唐僧就讓他去化緣；沙僧吃苦耐勞，唐僧就分配給他牽馬、挑行李的任務。有這麼一位有才有智的師父，這個取經團隊當然是出色的。

唐僧性格的缺點也很明顯。在小說中，他給人的一個印象是軟弱。在取經路上遭遇劫難時，唐僧的第一反應就是：「悟空，快來救我！」但大多數時候，唐僧還是會被妖魔抓去。他這種軟弱無能、任人擺布的性格，有時會顯得很可笑。而他那種不被磨難嚇退、不為財色所惑、不達目的絕不罷休的堅定信念，又令人十分敬佩。

唐僧的性格是多面的，這使這一人物形象更加真實，也能給我們一些啟示：在遇到挫折時，必須堅定信念，克服軟弱，拿出自己最勇敢的一面，戰勝挫折。只有這樣，人生才會充滿精彩。

豬八戒

豬八戒的形象是肥頭大耳、憨厚質樸而又好吃懶做、貪財好色。在西天取經的師徒四人中，他是最不像出家人的了。但他又是《西遊記》中給人帶來最多快樂的角色。

豬八戒最大的愛好就是吃。《西遊記》第四十七回，陳家莊的僕人這樣評價豬八戒的吃相：「爺爺呀！你是磨磚砌的喉嚨，著實又光又溜。」第六十二回，在光祿寺的國宴上，「八戒放開食嗓，真個是狼吞虎嚥，將一席果菜之類，吃得罄盡。少頃間，添換湯飯又來，又吃得一毫不剩。巡酒的來，又杯杯不辭」。他還很愛美女。他因調戲嫦娥被貶，錯投胎為豬；還在高老莊搶了高家的女兒。因為這些缺點，他經常被師父責罵，被悟空捉弄。但八戒從不掩蓋自己的喜好，他率直憨厚，常常把人逗得哈哈大笑。

豬八戒

他還喜歡說一些幽默風趣的話。比如第六十九回，當八戒看到悟空為給朱紫國國王一人製藥，而要了八百多味藥材後，調侃道：「師兄，我知道你了……知你取經之事不果，欲作生涯無本，今日見此處富庶，設法要開藥鋪哩！」

八戒樣子並不好看，但他從沒有自卑過。當別人被他的容貌嚇得魂飛魄散，嫌棄他時，他卻一本正經地說：「你若以相貌取人，乾淨差了。我們醜自醜，卻都有用。」

在西行的路上，他的憨厚老實和孫悟空的機靈敏捷形成鮮明對比。悟空經常捉弄八戒。但當師父有難時，悟空總是衝在最前面，而八戒也充分信任自己的大師兄，盡心竭力地幫助他。如果說孫悟空是一位領頭將軍，那豬八戒就是跟在後面的忠誠士兵。

其實，豬八戒就像我們大多數人，坦率真誠，喜歡吃喝玩樂；但當責任真的落到肩上時，我們也有勇氣和力量去承擔。

沙僧

沙僧在師兄弟三人中是最不起眼的那個，但他也是這個團隊裡不可或缺的一員。沙僧的身上有許多美德，如忠厚誠懇、默默奉獻、勤勞穩重、任勞任怨；也有自身的弱點，如逆來順受、缺少主見等。他的存在調和了取經團隊內部的矛盾，保證了取經的順利進行。所以說沙僧的存在，無論從人物形象、故事情節，還是從結構設置上看，都具有完善《西遊記》的作用。

在第四十三回裡，沙僧也表現出了自己知難而上的精神。師徒四人行到黑水河時，唐僧被妖精掠走。悟空說，應該是妖怪弄風，把師父拖下水去了。沙僧聽到悟空的話，立即表示：「哥哥何不早說，你看著馬與行李，等我下水找尋去來。」悟空見水色不正，恐怕沙僧下去後有危險。沙僧卻說：「這水比我那流沙河如何？去得，去得！」於是他「脫了褊衫，札抹了手腳，掄著降妖寶杖，『撲』的一聲，分開水路，鑽入波中，大踏步行將進去」。即便他的能力並不大，但為了師父的安全，他拚盡全力，勇敢與妖怪殊死搏鬥。不顧自身安危，知難而進，表面上看是勇敢，其背後則是深深的責任感。沙僧心懷信念，充滿責任感，盡力完成哪怕是自己不可能完成的任務。這樣的精神，值得我們學習。

沙僧是取經途中讓師父操心最少的一個。他是個忠誠的衛士，肩挑重擔，從沒有半句怨言。當悟空與八戒鬧矛盾時，也是他從中調解。當師父遇到危險時，他毫不猶豫地挺身而出，冒死相救。儘管平時寡言少語，但在保護師父的戰鬥中，他衝鋒陷陣，無比英勇

林黛玉

林黛玉是《紅樓夢》的女主角，金陵十二釵之首，西方靈河岸絳珠仙草轉世。她還是賈母的外孫女，賈寶玉的表妹、戀人、知己，賈府稱她「林姑娘」。她容貌傾國傾城，聰慧絕人，兼有曠世詩才，是世界文學作品中最富靈氣的經典女性形象之一。

林黛玉父母早亡，賈母將她接到賈府居住。林黛玉與賈寶玉青梅竹馬，由共同的志趣逐漸發展為愛情。她與賈寶玉共讀《西廂記》，後來獨自回房時又聽到十二女伶演習《牡丹亭》，內心感動，不覺落淚。從此寶玉、黛玉的愛情開始萌芽。後來寶玉在與黛玉談禪之時吐露心聲，發誓絕不變心。賈府接連失去兩大靠山後，為了給賈寶玉沖喜，賈母與眾人商議寶玉、寶釵的婚事。消息意外被人泄露，黛玉心急吐血。寶玉、寶釵大婚

黛玉初入榮國府拜見賈母

之時，林黛玉含淚而逝。

因寄人籬下，林黛玉對身邊的一切事物都是小心謹慎。她剛到賈府時，對身邊的一切都不適應，「因此步步留心，時時在意，不肯輕易多說一句話，多行一步路，唯恐被人恥笑了她去」，「黛玉見了這裡許多事情不合家中之式，不得不隨的，少不了一一改過來」。

林黛玉生性孤僻，不喜與人交談。家中只有她一個獨女，無人玩鬧，才造就了她這般的性格。她多愁善感，又常年體弱多病，感到自卑，這使她生成了猜忌別人的心理。她創作的詩詞大都是圍繞著死、老、離別等憂傷主題，可見自小的體弱多病與憂鬱性格給她帶來的煩惱。

曹雪芹筆下的林黛玉個性鮮明，形象豐滿，是中國古代文學史上最動人的人物形象之一。

賈寶玉

賈寶玉是《紅樓夢》的男主角，他是赤霞宮神瑛侍者轉世，銜玉而生於榮國府。他是賈政和王夫人的次子，玉字輩嫡孫，也是大觀園中唯一的男性，故而深受賈母疼愛。

女媧補天的時候，煉成三萬六千五百零一塊靈石，剩下一塊未用到，便置於青埂峰下。那靈石通靈性，幻化成人形，被太虛幻境警幻仙子召為神瑛侍者。他卻獨愛行走在靈河岸邊，日夜澆灌絳珠仙草。這株仙草對神瑛侍者感恩戴德，便立誓轉世為人，用一生的眼淚來償還。後來仙草便轉世成林黛玉，與神瑛侍者轉世的賈寶玉自幼青梅竹馬。寶玉視黛玉為真正的心靈相通的知己。

賈寶玉性格上最大的特點是叛逆。他對貴族家庭內部的勾心鬥角和腐朽糜爛感到厭惡，而對身邊善良、純潔的女孩子的悲慘命運抱有同情。他反對科舉功名，反對綱常禮教，不願走家人給他規劃好的人生道路，而追求自由平等。他厭惡封建官宦的貪贓枉法，嘲笑四書五經裡的頑固思想，不愛讀聖賢書，不思求取功名，看似不務正業，實則正是反對封建禮教的叛逆者、反抗塵世命運的孤獨者。但他終究是貴族公子哥兒，對封建禮教的叛逆和抗爭不可能是徹底的。在經歷變故之後，寶玉最終拋棄功名富貴，出家修行去了。

薛寶釵

薛寶釵是《紅樓夢》的主要人物之一，後來成為賈寶玉的妻子。

薛寶釵出生在金陵城四大家族中的薛家，父親早逝，母親是薛姨媽，兄弟薛蟠。寶釵容貌絕美，但她從娘胎裡就帶來一種世俗之「毒」，故賴頭和尚為她開出「冷香丸」的藥方，她在服用之後便也克制自己對於世俗之事的追求。寶釵自小熟讀史書，廣泛涉獵文學、藝術、諸子百家、佛學等領域，知識淵博，舉手投足也是大家之氣，並且對世事洞察透徹。她雖出身富貴，但不沉迷於富貴，不喜歡華麗的衣飾和閒散的生活。所以她的氣質中既有牡丹一般的國色天香，又不居高自

寶玉、寶釵成婚

傲，而是關心、體諒他人，是一位品行、智慧、美貌俱佳的少女形象。

然而，在封建教育之下，寶釵難免受封建禮教的影響。她一直鼓勵賈寶玉求取功名利祿，令這位反叛封建、嘲諷世俗的公子十分不耐。而黛玉卻與寶玉心意相通，看法一致。所以雖然最終寶釵嫁給寶玉，寶玉卻始終心繫黛玉，寶釵和寶玉並沒有真正相知相愛。在賈府沒落後，寶玉深深陷入了對過去的懷念與對黛玉的追憶中，最終出家。這也導致寶釵陷入了無盡的絕望與痛苦。但寶釵身上所具有的優秀品格，又是當時封建官僚階層中難能可貴的，蘊含著作者對世人少貪慾、多淨心，少執念、多慈悲的引導與期許。

王熙鳳

王熙鳳是《紅樓夢》中的主要人物之一。她精明，狠毒，潑辣。有人說，她太看不開了，愛鑽牛角尖；也有人認為她是很值得可憐的一個人，因為她的性格大部分是形勢所迫而形成的。

王熙鳳生在大家族王家。王夫人、薛姨媽都是她的姑媽。書中說她無父無母，只有王仁一個親哥哥。可是她的哥哥不僅幫不上她，還到處找她幫忙。這樣的家庭環境致使王熙鳳極度缺乏安全感，所以她極為強勢，什麼都要控制。

後來，她嫁給了賈府的賈璉，家裡大大小小的事都要她一個人管。房子的打掃修補、寶玉在書房裡的零花錢、丫頭們的月錢、夫人小姐們的衣服首飾脂粉錢、土地房屋的租金、在院子裡遊玩的一項項設施，還有許多突發事件，哪一件不得她籌劃處理？李紈不僅不管事，還給她添事，有誰可以幫她呢？下面的人個個都是難纏的主，都在盯著她，等著抱怨，等著看笑話。

黛玉的身體不好，王熙鳳的身體其實也不好。黛玉可以不去請安問候，可是鳳姐呢？她是最要強、最好勝的，她不能讓別人嘲笑她。

王熙鳳的聰明才智是有目共睹的。在這樣一個擁有幾百口人的大家族裡，她四處周旋，八面玲瓏，靈活地處理極其複雜的人事關係。也只有她能東借西挪，應付入不敷出的浩繁開支。她對賈府的種種弊端及危機心明眼亮，處處表現出辦大事的魄力和本領。

她看不開，放不下，最後只能隨著這個破敗的大家族一起消亡，卻得不到一點應有的嘆息。

劉姥姥

劉姥姥是《紅樓夢》中的一個人物。她並非書中的主要人物，但作者將她的形象塑造得十分成功，令人印象深刻。在情節的發展上，這個小人物也造成一定的作用。

劉姥姥來自鄉下貧困的農家，她樸實善良、風趣幽默而又深諳世事、充滿智慧。她進榮國府時被府裡的人笑話、嘲諷，但在賈家敗落的時候，她救下了王熙鳳的女兒巧姐。

她是一個寡婦，其中一個女兒嫁給了與王夫人（賈寶玉之母）娘家連過宗的王狗兒，便與賈家沾上這些許親緣。劉姥姥家中只有兩畝薄田，整日為女婿王狗兒操勞。無奈年關將近，家中實在貧寒，走投無路之時，劉姥姥運用了她的智慧：謀事在人，成事在天，去投靠榮國府，萬一菩薩保佑，便可以

劉姥姥一進榮國府

解一時之困了。所以，劉姥姥來到榮國府，用質樸而高明的辦法，奉承周瑞家的，進而巴結了王熙鳳，得到了救濟。後來她又多次順應故事主線進賈府，完成探望王熙鳳、解救巧姐等一次又一次的使命。劉姥姥見證了賈府由興到衰、由榮到辱的過程，她用自己的智慧獲得了賈府的接納，並用她的善良質樸幫助了賈府。

劉姥姥是一個陪襯的角色，襯出賈母、王熙鳳、賈寶玉、林黛玉等人物性格的不同側面，使這些人物形象更為立體、豐滿。她又是一個極具藝術魅力的獨立的人物形象。她極識時務，小心地伺候著、抬舉著賈府中人，是《紅樓夢》中一個充滿智慧的形象。她從賈府興衰裡看透了世事無常，不言不語地用行動來報答賈府。最終，她才是走得最長遠的那一位智者。作者透過她的眼光真正客觀地去描述大觀園的豪華、壯麗，賈府的奢靡、貴氣，並用她的言行、故事來襯托賈府人的虛榮心、自尊心，從而對比出兩個階級的巨大差異，以及權貴階級敗落後的悽慘。

第五章

風格各異的文學流派

田園派

田園派是中國古代重要的詩歌流派，指以描寫田園生活、山水景物為主要內容的詩歌創作。田園派的開創者為東晉詩人陶淵明，其反應田園風光和生活的田園詩，開創了詩歌創作的一個重要方向。南朝宋詩人謝靈運描繪山水風情的山水詩也是該流派的重要組成部分。唐宋兩代，不少詩人均效法前人，創作了大量的田園詩，將田園派發揚光大。這一時期的代表人物有王維、孟浩然、韋應物、范成大等。

田園派的主要藝術特徵是注重對自然美的捕捉和展現，善於細緻入微地刻劃自然事物的動態，能夠巧妙地捕捉適於表現其生活情趣的種種形象，構成獨到的意境。移情入景、以景寫情是田園詩派的經典技法。田園詩往往蘊含一種閒適淡泊的思想情緒，既是一種新的寫作風格，又暗含了一種回歸自然、回歸本心的生活態度。

田園詩的代表性作品有陶淵明〈歸園田居〉、王維〈鹿柴〉、孟浩然〈過故人莊〉、范成大〈四時田園雜興〉等。

邊塞派

邊塞派是盛唐時期一個重要的詩歌流派，主要由一批具有從軍或邊塞生活經歷的詩人所創作。代表性詩人有高適、岑參、王昌齡等，另外，李白、杜甫、王維、李頎、崔顥、王之渙、王翰等也有邊塞詩名篇傳世。

古代邊關戰爭頻發，有一大批將士戍守邊關，這種社會現實為邊塞詩的產生提供了必備的條件。邊塞詩主要是描寫戰鬥場面或邊塞地區獨特的風土人情及自然景觀，同時也表現守邊將士的愛情與熱情，並關注戰爭帶來的各種矛盾，如生死、離別、思鄉、閨怨等。由於描寫對象比較特殊，這一類詩歌多風格悲壯，格調雄渾，即便是夾雜著思念的意緒，往往也被一種崇高的氣勢和悲壯的情懷所掩蓋，別具風味和美感。

邊塞詩的代表性作品有高適〈燕歌行〉、岑參〈白雪歌送武判官歸京〉、李白〈關山月〉、杜甫〈前出塞〉、王維〈使至塞上〉、王翰〈涼州詞〉、王昌齡〈出塞〉、王之渙〈涼州詞〉等。

邊塞詩在唐代蔚為盛行，僅《全唐詩》中收錄的就有兩千多首，是唐代重要的詩歌流派。

花間派

花間派是晚唐五代時期的詞派，其名稱來源於後蜀趙崇祚所編詞集《花間集》。該詞集共十卷，收錄晚唐五代時期十八位詞人的五百首作品。它是最早的文人詞總集，影響很大。詞集中所選作品的內容多寫貴族女子的妝飾容貌和日常生活，風格豔麗，這是花間詞的主要特點。花間派詞人中影響較大、成就較高的是溫庭筠和韋莊，其餘詞人受此二人影響較大。《花間集》將溫庭筠排在首位，並收錄其作品六十六首，收錄韋莊詞四十八首，由此可見，兩人的創作在該流派中居於主要地位。

花間派在語言運用上常常堆砌辭藻，文風華麗，同時追求煉字煉句，韻律工整，對詞的發展具有積極的影響。但在內容上，該流派以歌詠婦女閨怨、男女之情為主，兼及歌舞酒席，題材狹窄，內容空虛，缺乏現實意義。

五代十國的混亂局面和腐敗政治是滋生花間詞風的重要原因，君臣縱情享樂，苟且偷安，助長了這種傾向。

花間詞在內容上的空洞無聊是制約這一流派進一步發展的重要原因，但作為早期詞的一種形態，花間詞對於詞的發展的正面推動意義也不應被忽視。

江西詩派

江西詩派是北宋時期重要的文學流派，以黃庭堅、陳師道為主要代表人物。該流派的命名源自呂本中《江西詩社宗派圖》。呂本中列舉了此流派的二十五位主要成員，並稱其為「宗派」，因其領袖人物黃庭堅是江西人，故名之為「江西詩派」。該流派的命名雖然帶有地域性，但其成員並不全是江西人，成員的界定主要是依據他們的文學觀念和創作風格。此流派成員大多接受過黃庭堅的指點，受其影響較為明顯。

該流派在繼承關係上有「一祖三宗」的說法。「一祖」為杜甫，「三宗」為黃庭堅、陳師道、陳與義。該流派推崇黃庭堅「點鐵成金」的詩學理念，注重推敲文字，煉字制句頗有杜甫苦吟的神韻。同時追求瘦硬奇譎的藝術風格，且在韻律上十分講究。因此，江西詩派被認為是一個十分注意形式的文學流派。

江西詩派對詩歌的發展影響深遠，它對韻律的考究和對字詞的推敲，是古代詩歌發展中的一個重要環節，對宋代後來的詩人如楊萬里、陸游等有重大的影響。但由於該流派過於強調煉字制句，片面追求「無一字無來處」，缺乏創新性，使得詩歌創作在後來走上晦澀、偏僻的道路，脫離了現實生活。這是該流派自身無法克服的痼疾和逐漸式微的重要原因。

婉約詞派

婉約與豪放是宋詞的兩大主要風格。婉約詞的主要藝術特徵是詞風婉轉柔美、含蓄蘊藉、語言圓潤，與晚唐五代時期的花間詞有繼承關係，但在語言上較之花間詞更為清新典雅，較少脂粉之氣。在內容上，婉約詞題材相對集中，主要描寫離愁別緒、男歡女愛、閨怨傷懷等內容。另外，婉約詞注重聲律，音韻和諧，每一首詞與音樂搭配之後都是一首優美可唱的曲子，具有很強的感染力，因此傳播範圍極廣。如「凡有井水處，皆能歌柳詞」的說法，就說〈使至塞上〉婉約詞代表作家柳永的詞流傳極為廣泛，同時說〈使至塞上〉在宋代詞是與大眾結合非常緊密的文體。

婉約詞派的代表作家有柳永、晏殊、秦觀、周邦彥、李清照、姜夔等。柳永〈雨霖鈴．寒蟬淒切〉、〈八聲甘州．對瀟瀟暮雨灑江天〉、〈望海潮．東南形勝〉，晏殊〈浣溪沙．一曲新詞酒一杯〉、〈蝶戀花．檻菊愁煙蘭泣露〉，秦觀〈鵲橋仙．纖雲弄巧〉、〈滿庭芳．山抹微雲〉，周邦彥〈蘇幕遮．燎沉香〉，李清照〈一剪梅．紅藕香殘玉簟秋〉、〈如夢令．

昨夜雨疏風驟〉、〈聲聲慢．尋尋覓覓〉，姜夔〈揚州慢．淮左名都〉等，都是婉約詞的經典篇目。

在宋代詞壇，更具藝術氣息的婉約詞長期占據正統地位，比豪放詞影響力更廣。

豪放詞派

豪放詞泛指詞風雄渾壯闊、氣象恢弘、不拘格律、充滿豪放之氣的作品。在內容上，該類詞作常常借古喻今，攝入國家大事或現實生活，具有較強的現實性。具體地講，北宋時期的豪放詞多表達詞人在封建專制體制下受壓抑的心靈渴望解放的欲求；南宋的豪放詞，由於當時政治上的弱勢和戰火連綿，多展現詞人憂國憂民的情懷和獻身沙場的壯志。

豪放詞派的代表作家有蘇軾、賀鑄、辛棄疾、張孝祥、陸游、陳亮、劉過等。其中以蘇軾、辛棄疾最為著名。相比較而言，蘇詞更為清新奔放，辛詞更為雄渾高遠，可謂各有千秋。蘇軾豪放詞的代表作是〈念奴嬌．赤壁懷古〉，視野寬闊，意境雄渾；辛棄疾豪放詞的代表作是〈永遇樂．京口北固亭懷古〉，意境蒼涼，格調悲壯。後世常將二人並稱為「蘇辛」，除文學成就均較高外，在詞風上同屬豪放一脈也是原因之一。除蘇、辛二人的詞作外，豪放詞還有一些名篇，如張孝祥〈六州歌頭·長淮望斷〉、陳亮〈賀新郎·寄辛幼安和見懷韻〉、岳飛〈滿江紅·怒髮衝冠〉等。

值得注意的是，同一詞人的作品也可能兼有豪放和婉約兩種風格。如蘇軾有婉約詞〈水龍吟·次韻章質夫楊花詞〉，辛棄疾有婉約詞〈青玉案·元夕〉，而李清照有豪放詞〈漁家傲·天接雲濤連曉霧〉等。由此可見，我們常說的婉約派詞人、豪放派詞人，只是就其整體的創作風格而言的。

秦漢派

秦漢派又稱「七子派」，是明代重要的文學流派。弘治、正德年間，文壇上出現了主張「文必秦漢，詩必盛唐」的前七子，代表人物為李夢陽；嘉靖、萬曆年間，文壇上又出現了提倡「文必西漢，詩必盛唐」的後七子，代表人物有李攀龍、王世貞。由於前後七子在作文方面都提倡學習秦漢，故得名「秦漢派」。

秦漢派對明初以來形成的文學風氣不滿，提出主情理論，主張發揮作者的主體性，移情入文。同時他們注重對文學藝術體制的創新和建設，要肅清長期以來理學風氣及臺閣體所造成的負面影響，重新給文壇注入活力。他們還重視民間通俗文學，提出「真詩在民間」的理念，顯示出一種可貴的平民意識。這些新鮮理念都展現了該流派求異創新的變革欲求和對於文學本質的獨特理解。但由於該派作家在文法上過度強調對古人的模仿和借鑑，因此未能將自己求真寫實的文學理念運用於創作實踐中，反而為擬古所拘囿，逐漸走向了僵化，成為後來興起的唐宋派批判的對象。

唐宋派

唐宋派是一個活躍於明代嘉靖年間的文學流派，因該派作家極力推崇唐宋古文而得名。唐宋派的出現與當時文壇流行的復古主義思潮有密切聯繫。前後七子主張散文效仿秦漢，實際上是打著尊崇古文的旗號進行大量的模仿和抄襲，一味追求形式上的工整雅麗，創作了大量缺乏創新精神和思想內容的文章。唐宋派則對這一弊病進行了深刻的反省和改進，提出「文道合一」的主張，力避簡單的模仿和空泛的言說，在行文上也一改復古派晦澀沉滯之風格，代之以明白曉暢、通俗優美的文風。這一流派的代表人物有歸有光、王慎中、唐順之、茅坤等人，其中歸有光為集大成者。他的散文不加雕飾、簡潔自然，又能將情理植於文中，具有很強的美感。名篇〈項脊軒志〉是他的代表作。

唐宋派的理論和創作對於糾正當時的文壇弊病作用匪淺。但由於自身也存在一定的侷限，唐宋派並未能真正改變當時文學的流向，在明代後期逐步式微。儘管如此，他們的一些先進的文學理念仍然被後人所吸納，比如清代桐城派就較多地繼承了這一流派的文學主張和藝術風格。

公安派

公安派是明代後期的一個重要文學流派，主要活躍於萬曆年間。代表人物為袁宗道、袁宏道、袁中道。此三人為兄弟，公安（今湖北公安）人，世稱「公安三袁」，因籍貫又被稱為「公安派」。公安派的重要成員還有江盈科、陶望齡、黃輝、雷思霈等。

公安派發軔時期，正值「前後七子」把持文壇，復古主義大行其道。公安派提出了與之不同的文學主張，反對抄襲復古，主張創新求變，猛烈抨擊前後七子步步因襲、字字模仿的弊病。同時，他們提出文章要獨抒性靈，不拘格律，抒發作家真實的情感和主張。公安派還提倡從民間文化和現實生活中汲取創作素材，大力推崇通俗文學。他們的文學理念明顯是為了矯正前後七子的復古主義，帶來了新的創作風氣。他們創作的散文、詩歌清新優美，如一陣清風吹進沉悶的文壇，在當時具有很強的影響力。

公安派的主要成就在散文，特別是一些遊記、隨筆等。代表性作品有袁宗道〈錦石灘〉、袁宏道〈虎丘記〉、袁中道〈花雪賦引〉、雷思霈〈瀟碧堂集序〉等。

陽羨派

清初詞壇流派眾多，陽羨派是早期流派之一。該派創始人陳維崧是江蘇宜興人，因古時宜興又名陽羨，故該派得名陽羨派。陽羨派的主要活動時間是清代順治年間和康熙前期。

陳維崧是該流派文學理論體系的構建者，也是最重要的實踐者。在詞風上，他傾心豪放一派，力改長期以來盛行的婉約香軟之風。他的詞受蘇、辛二人影響較大，詞風奔放，情感充沛，不拘格律，氣象宏大。他反對南宋時期對蘇、辛詞形式上的簡單模仿，提出詞要有充沛的情感和深刻的思想，要與社會現實相結合，具有現實意義。這一理念直指詞壇長期以來的弊端，對於詞的中興具有重要意義。陳維崧創作力旺盛，一生創作了大量詩詞，現存詞集《湖海樓詞》收錄作品一千六百餘首。他是清初詞壇中興的重要推動者。

除陳維崧之外，蔣景祁、萬樹、史唯園、陳維岳、曹貞吉等人也是該流派的重要成員。幾人之間相互唱和，留下了不少佳作。

陽羨派與稍後興起的浙西派共同開創了清初詞壇的新局面，引領了清代詞壇的文學潮流，為革除明代詞壇的弊端，振興清代詞壇做出了突出的貢獻。

浙西派

浙西派是清代初期的一個著名詞派，主要活躍於康、雍、乾三朝。其開創者為朱彝尊，主要成員有李良年、李符、沈皞日、沈岸登、龔翔麟，此六人被稱為「浙西六家」。龔翔麟曾收集六家詞，合刻為《浙西六家詞》。因該流派的主要成員來自浙江一帶，故得名。

浙西派推崇宋代姜夔、張炎的文學風格，標榜清雅、空靈，崇尚婉約之風，貶低豪放詞派。在創作上，該詞派注重詞的格律，詞句典雅精工，在形式上極為考究。在內容上，主要是歌詠太平，描摹宴嬉逸樂，傳遞盛世之音。由於這一理念符合清初統治者治國理政的需要，因此，浙西派盛極一時，影響深遠。

朱彝尊為該流派的開創者和集大成者，與陽羨派陳維崧並稱「朱陳」，為清初詞壇的執牛耳者，深刻影響了當時詞壇的風氣和格局。朱彝尊博通經史，詩詞俱佳，著有《江湖載酒集》、《靜志居琴趣》、《茶煙閣體物集》、《蕃錦集》等詞集四種，收錄詞作五百餘首。他在〈解佩令．十年磨劍〉中自述「不師秦七（秦觀），不師黃九（黃庭堅），倚新聲玉田（張炎）差近」的創作理念，追求創新，力除陳詞濫調，不落窠臼。他是浙西派文學理論體系的主要締造者和實踐者，浙西派其他成員在其影響下，形成了近似的美學風格，匯聚成清代詞壇最有影響力的一個流派。

桐城派

桐城派是清代著名的散文流派，主要代表人物有戴名世、方苞、劉大櫆、姚鼐，此四人被稱為「桐城四祖」。該流派因主要人物皆來自安徽桐城一帶而得名。桐城派的發展經歷了一個漫長的時期。戴名世是該流派的奠基者，方苞為初創者，劉大櫆是承前啟後者，姚鼐則為集大成者。這幾人在文學理論上有傳承和開拓的關係，共同豐富了桐城派的文學主張，推動了這一流派的發展。

在文學理論上，桐城派繼承了明代唐宋派的主張，推崇程朱理學、儒家思想，追求文以載道，行文不浮誇雕飾，必言之有物，開篇即立意明確。在文風上，該派不重堆砌辭藻，但求簡明達意、條理清晰。因此，其文章多簡明通暢，柔順易讀。方苞〈獄中雜記〉、〈左忠毅公逸事〉，姚鼐〈登泰山記〉等名篇都鮮明地展現了這一特點。

桐城派自康熙年間形成，一直延續到清末，時間跨度近二百年，影響甚廣。除「桐城四祖」外，該派後繼者甚多。經過幾代人的努力，桐城派形成了完整的文學理論體系、獨特的藝術風格，並有壯大的創作隊伍和大量優質的作品，因此，該流派成為清代最具影響力的文學流派之一，時人稱之曰：「天下文章其在桐城乎！」因為桐城派的巨大聲譽，桐城在當時也被人們稱為「文都」。

常州派

常州詞派發軔於清代嘉慶年間。彼時清代盛世已過，政治經濟正在走向沒落；這時的詞壇，陽羨派、浙西派均積弊日深，缺乏新意，走向窮途。在這種形勢下，以張惠言為代表的常州詞派走上文壇。

張惠言是常州詞派的開創者。他與兄弟張琦編輯《詞選》並進行評點。《詞選》選詞嚴格，評點公允，是清代重要的批評文本，也是常州詞派文學理論的一面旗幟。他自己寫作〈詞選序〉，闡明自己的詞學理論，認為詞與詩、賦等文體同等重要。在創作風格上，他倡導比興寄託、意內言外，追求言有盡而意無窮的藝術境界。《茗柯詞》是實踐其詞學理論的重要詞集。

除張惠言外，賙濟是該流派的另一重要人物。他傳承了張惠言的詞學理念，並使之發揚光大。賙濟強調詞「非寄託不入，專寄託不出」，並關注到創作與接受的關係問題，也揭示了具有普遍性意義的文學命題。常州詞派發展至賙濟之時，成為了詞壇的主導者。詞集《味雋齋詞》是賙濟的代表作，收錄其詞作一百餘首。

由於常州詞派在一定程度上糾正了此前陽羨派、浙西派等存在的一些問題，因此，它成為清代後期較有影響力的詞派，直至清代終結而不衰。

宋詩派

宋詩派興起於清朝道光、咸豐年間，是一個著名的詩歌流派。該流派推崇宋代詩風，偏重宋詩格調，故得名。主要代表人物有程恩澤、祁寯藻、何紹基、鄭珍、莫友芝、曾國藩等。

在理念上，該流派主張詩歌要包含個人性情、思想和社會道義，但這裡所強調的思想並不是代表新思潮的現代主義思想，而是指日趨沒落的封建正統思想，這是該流派保守的一面，也是其最終走向沒落的主要原因之一。同時，該流派強調將文學創作與學問相結合，此理念與乾嘉以來盛行的考據之風有密切聯繫。在藝術風格上，該流派推崇宋代蘇軾、黃庭堅所秉持的詩歌理念，追求瘦硬生澀的美學風格，以險為新，以奇為貴，但又常常失於枯澀，缺乏藝術美感。在題材上，該流派以描摹自然山水、酬唱應和為主，有少量作品關注現實民生，較少涉及國家重大政治事件，缺乏鮮活的時代氣息。

宋詩派作家以何紹基、鄭珍成就最高，代表作有鄭珍的〈溪上水碓成〉、〈武陵燒書嘆〉、〈度歲澧州寄山中四首〉、〈濕薪行〉，何紹基的〈元象〉等。

宋詩派揭開了近代詩壇「宋詩運動」的序幕。它發展至光緒年間，演變為「同光體」一派，同當時新思潮人士所開創的南社，形成對峙的局面。

第六章
各具特色的文學並稱

風騷

風騷原本是《詩經．國風》和《楚辭．離騷》的合稱，後用來泛指文學。

〈國風〉是《詩經》中最有價值的部分。從篇幅來看，〈國風〉占《詩經》總篇幅的一半以上；從內容來看，〈國風〉大多是各地的民歌，內容最充實，題材最廣泛，主題最深刻；從形式來看，〈國風〉慣用賦、比、興的手法，形式最活潑，文學水準最高，我們現在所熟知的《詩經》中的名篇，大多出自〈國風〉。

〈離騷〉是偉大的愛國詩人屈原的代表作，也是《楚辭》中成就最高、流傳最廣、影響最大的作品。離騷，就指遭逢憂患、牢騷，或不幸遭遇的悲憤。在詩中，詩人運用了誇張、想像等手法，以香花、異草為比喻，表達自己對理想政治的追求，抒發對楚國深深的眷戀。整首詩歌洋溢著浪漫氣息，是浪漫主義詩歌的先聲，對後世文學影響極為深遠。

〈國風〉與〈離騷〉同被視為中國古代詩歌發展的源頭，在中國古代文學發展史上具有非凡的意義。後人常用「風騷」代指文學或才華。如清代趙翼《論詩．其二》：「江山代有才人出，各領風騷數百年。」。

建安七子

建安七子是活躍於漢末建安年間（西元一九六至二二〇年）的七位文學家之合稱，即孔融、陳琳、王粲、徐幹、阮瑀、應瑒、劉楨。

建安是東漢末年漢獻帝的一個年號。當時曹操占據鄴城（今河北臨漳），在中國北部創造了一個以鄴城為中心的相對穩定的政治局面，然後開始招賢納士。於是許多文士在飽經戰亂之苦後，紛紛投奔曹操。建安七子中孔融與曹操政見不合，其餘六家則都投奔曹操，擁有相對安定、富貴的生活。他們對曹操懷有報恩之心，想依附於他，有一番事業。他們的作品與曹氏父子（曹操、曹丕、曹植，合稱「三曹」）有很多共通之處。「七子」與「三曹」，是建安文學的主力軍，對魏晉詩、賦、散文的發展做出了貢獻。

建安七子的創作方向和風格有所不同。孔融最擅長寫奏議散文，作品立意高遠，妙語連珠，代表作品有〈薦禰衡表〉、〈與曹操論禁酒書〉等。陳琳詩、文、賦都很擅長，他的作品多關注民生疾苦，代表作〈飲馬長城窟行〉，描寫繁重勞役給百姓帶來的苦難，非常具有現實意義。王粲是七子中文學成就最高的作家，其作品被後世譽為「七子之冠冕」。他的作品具有強烈的抒情性，代表作〈七哀詩〉和〈登樓賦〉是建安文學精神的代表。徐幹為人淡泊，在漢末爭名逐利的社會中能甘於貧困，不為流俗左右，實在難能可貴。他的代表作《中論》，被曹丕稱讚「成一家之言，辭義典雅，足傳於後」（〈與吳質書〉）。阮瑀善作章表書檄，當時曹氏集團的檄文大多是由他和陳琳擬寫的；他的詩歌語言樸素，往往能反映出社會問題。代表作品有〈為曹公作書與孫權〉、〈駕出北郭門行〉等。應瑒比較擅長作賦，詩作〈侍五官中郎將建章臺集詩〉也有較高的成就。劉楨擅長作詩，特別是在五言詩創作方面成就斐然，其作品氣勢高峻，格調蒼涼，三首〈贈從弟〉是其代表作。

初唐四傑

初唐四傑是唐代初期王勃、楊炯、盧照鄰、駱賓王四位文人的合稱。他們反對齊梁以來文學創作上的綺麗風氣，主張創新，在詩歌內容、風格等方面有較大改革，使詩歌走出宮廷，關注到廣闊人生，題材更為多樣化，風格亦傾向清朗俊逸。同時他們對五言詩的創作要求更加規範，使五言律詩發展到成熟階段，為唐詩帶來了新的風貌。

王勃（西元六五〇或六四九至六七六年），字子安，絳州龍門（今山西河津）人。他自幼聰敏好學，六歲能文，被讚為「神童」。十六歲即科舉及第，授朝散郎職。二十七歲時，他去探望父親，在返回途中渡海時不幸溺水而亡。王勃文思敏捷，傳說他作文時，先把筆墨紙硯備好，然後飲酒酣睡，醒來後文章一揮而就，一字不改，世人稱他善於為「腹稿」。他的詩歌清新自然，善用警句，意境高遠；他的文多用駢體，詞采華茂，聲律嚴謹。代表作品〈送杜少府之任蜀州〉、〈滕王閣序〉都是膾炙人口的名篇。

楊炯（西元六五〇至？年），華陰（今陝西華陰）人。十歲時即被稱為「神童」，二十七歲授校書郎。武則天時，他曾任婺州盈川令，故後世稱其為「楊盈川」。他擅長寫五言律詩，描寫邊塞生活的詩歌尤其出色。代表作〈從軍行〉借用古樂府曲調名為題目，抒寫了書生投筆從戎、征戰邊關的過程和心情，從而表達了國家有難，匹夫有責的使命感和建功立業的豪情壯志。

盧照鄰（約西元六三四至約六八五年），字升之，號幽憂子，幽州范陽（今河北涿州）人。他曾經擔任鄧王府典簽，升職為新都尉，後因病辭官。他居住在太白山中，修身養性，誤服丹藥，中毒致殘，最終不堪忍受政治失意和病痛的雙重折磨，投河自盡。盧照鄰的詩歌中七言歌行體寫得最好，代表作品〈長安古意〉以奔放富麗的詩筆，揭露上層社會的奢靡生活，在初唐歌行體長篇中成就顯著。

駱賓王（約西元六三八至？年），婺州義烏（今浙江義烏）人。他少年時即表現出超人的才華，七歲時作〈詠鵝〉詩，驚動一時。但仕途不順，最初任道王李元慶府屬，後又任武功、長安兩縣主簿。進入朝廷中為御史時，多次上書議論天下大事，被判罪入獄，貶臨海縣丞，所以世稱「駱臨海」。後追隨徐敬業，在揚州起兵反對武則天，失敗之後不知所終。駱賓王最擅長七言歌行，〈帝京篇〉廣為傳唱；五言律詩〈在獄詠蟬〉借寒蟬自喻，乃是膾炙人口的佳作；他還善作駢文，寫過犀利的〈爲徐敬業討武瞾檄〉（〈討武瞾檄〉），當時影響很大，武則天讀此文時還曾大加讚賞。

永州八記

唐代文學家柳宗元被貶為永州司馬時，創作了八篇描寫永州山水的散文，史稱「永州八記」。具體是指〈始得西山宴遊記〉、〈鈷鉧潭記〉、〈鈷鉧潭西小丘記〉、〈至小丘西小石潭記〉、〈袁家渴記〉、〈石渠記〉、〈石澗記〉、〈小石城山記〉。

柳宗元（西元七七三至八一九年），字子厚，河東解（今山西運城）人，世稱「柳河東」、「河東先生」，唐代文學家、思想家，唐宋八大家之一。柳宗元出身於官宦家庭，少年時就因才華出名，有遠大的志向。進入朝中為官後，他積極參與王叔文集團的政治革新運動，失敗後被貶為永州太守，心中難免鬱鬱不平，所以寄情山水，借遊山玩水排遣心中的鬱悶。柳宗元用優美的文字展現了湘桂之交的一幅幅山水勝景，並融入了自己的身世遭遇、思想感情，形成了一篇篇情景交融的佳作，在山水遊記中獨樹一幟，散發著歷久彌新的藝術魅力。

永州八記所描寫的多是眼前小景，比如小丘、小石潭、小石澗、小石城山等，柳宗元總能以小見大，沙裡淘金，描繪出一幅幅精美絕倫的藝術精品。如〈至小丘西小石潭記〉描寫小石潭周圍的環境，「四面竹樹環合，寂寥無人，淒神寒骨，悄愴幽邃」，營造了一種寂靜無人的清幽意境。〈石渠記〉寫小石渠之水流經之處的景色，十分細膩，長不過十許步的小水渠上處處是幽麗的小景，美不勝收。作者觀察入微，描摹細緻，刻劃出永州山水的色彩美、形象美和動態美，而且在山水中融入自己的情感，使永州山水成了他的精神寄託，成就了山水之美的同時也成就了他的人格美。物皆著我之色彩，物我兩和諧，柳宗元用生花妙筆譜寫出了動人心弦的人與自然的和諧華章。

「三吏」、「三別」

「三吏」、「三別」是唐代偉大詩人杜甫的現實主義詩歌代表作，即〈新安吏〉、〈石壕吏〉、〈潼關吏〉和〈新婚別〉、〈無家別〉、〈垂老別〉這六部經典作品。它們深刻地寫出了民間疾苦及戰爭給老百姓帶來的殘酷生活。

唐玄宗天寶年間爆發了安史之亂，這場浩劫歷時七年之久，給百姓帶來了極大的災難。唐肅宗乾元元年（西元七五八年）六月，杜甫被貶華州（今陝西華州）。這年冬天，他從華州奔赴洛陽探親，第二年離開洛陽，赴華州上任，途經新安（今河南新安）、潼關（今陝西潼關）、石壕（今河南陝州）等地，目睹了這場戰爭給百姓帶來的災難，尤其是官府徵丁的慘狀。他飽含同情與悲憤，寫下了這些作品。

〈新安吏〉寫於乾元二年（西元七五九年）三月。由於朝廷的昏庸，唐朝六十萬大軍兵敗鄴城，國家局勢十分危急。為了能夠迅速補充兵力，官府實行了沒有限制、沒有規則、慘無人道的拉夫政策。本來唐朝的徵丁政策是年滿二十三歲，而這時為補充兵力，官府強徵剛剛成年的男子入伍。於是出現了「肥男有母送，瘦男獨伶俜。白水暮東流，青山猶哭聲」的慘烈送別場面。

〈石壕吏〉寫差吏乘夜到石壕村徵兵，連年老力衰的老婦也被抓服役的故事。全詩以老婦哭訴一家的悲慘遭遇展開，寫出了差役的囂張蠻橫、百姓的悽慘無助，表達了詩人深切的同情與悲憤。

〈潼關吏〉寫漫漫潼關道上，無數士卒在辛勤地修築工事。面對潼關吏的誇耀，詩人卻表現出擔憂：「請囑防關將，慎勿學哥舒。」希望統治者能吸取教訓，避免重蹈覆轍。

〈新婚別〉寫一對新婚夫婦的離別。結婚第二日清晨，新郎就要赴前線。新娘大段悲怨而又沉痛的自訴，塑造了一個承受苦難命運，又以國事為重的善良、堅毅的年輕女性形象，深刻揭示了戰爭帶給百姓的巨大不幸。

〈無家別〉寫一個第二次被徵去當兵的獨身漢，在踏上征途之際，既無人為他送別，又無人可以告別，只有一個人自言自語，訴說自己無家可別的悲哀。

〈垂老別〉寫一位老翁子孫都戰死了，但戰火逼近，官府要他上前線。於是老翁把拐杖一扔，顫巍巍地跨出了家門。他臨行前告別老妻，內心充滿了矛盾與痛苦。

「三吏」、「三別」上承《詩經》、漢樂府的現實主義風格，下啟白居易等人的新樂府，是杜甫現實主義詩歌創作的頂點。

唐宋八大家

唐宋八大家，亦稱唐宋古文八大家，指的是唐代韓愈、柳宗元和宋代歐陽脩、蘇洵、蘇軾、蘇轍、王安石、曾鞏八位散文家。

南北朝以來，文壇盛行駢文，此文體注重對偶、聲律、典故和詞藻，華而不實，已經不適用於新的時代。唐初就有人提出要宗經明道，以此復興先秦兩漢風格的散文，使文章形式更加自由，以利於反映現實生活。韓愈、柳宗元發展了這一主張，提出了一套完整的古文理論，並身體力行，寫了大量的優秀古文作品。這一文壇革新現象，稱為「古文運動」，韓、柳二人也成為了古文運動的領袖。

到了宋代，針對當時文壇的「險怪奇澀」之文，歐陽脩等人重新倡議古文革新，主張「明道」，效法韓愈，進一步發展了韓、柳開創的新的散文形式，更有利於表達思想，也便於人們接受。蘇軾則以豐富的、多方面的創作實踐，完成了這一詩文革新運動，並成功地把這一運動的精神擴展到詞的領域。明朝初期的朱右將韓愈、柳宗元、蘇軾、蘇洵、蘇轍、歐陽脩、王安石、曾鞏八人的散文作品彙編在一起，出版了《八先生文集》。後來唐宋派散文家唐順之也將這八位唐宋散文家的部分作品收在《文編》中。

明朝中葉唐宋派領袖茅坤在此基礎上加以整理和編選，取名為《八大家文鈔》，「唐宋八大家」由此得名。

韓愈、柳宗元為唐代古文運動領袖，歐陽脩、蘇軾、蘇洵、蘇轍四人為宋代古文運動的核心人物，王安石、曾鞏為臨川文學的代表性人物。他們先後掀起古文革新運動，提倡散文，反對駢文，提倡自由表達，不受形式的拘束，給當時和後世的文壇都帶來了深遠的影響。

三蘇

「三蘇」指北宋散文家蘇洵和他的兒子蘇軾、蘇轍。他們父子三人都在唐宋八大家之列。「三蘇」並稱最早見於宋朝王辟之《澠水燕談錄》：「蘇氏文章擅天下，目其文曰『三蘇』，蓋洵為老蘇，軾為大蘇，轍為小蘇也。」父子三人中成就最高的是蘇軾。

蘇洵的文章繼承孟子、韓愈的傳統，並形成了自己的雄健風格。他擅長政論、史論，文章多談兵謀、權變，說古論今，很有氣勢。代表作有〈六國論〉、〈權書〉等。

蘇轍善於駕馭多種文章體裁，他的散文「汪洋澹泊，深醇溫粹，似其為人」（明．劉大謨〈欒城集序〉）。雖然議論文不如父、兄，但記敘文曲折動人，饒有情趣。代表作有〈黃州快哉亭記〉、〈武昌九曲亭記〉等。

蘇軾的散文氣勢豪邁，明白暢達，名作有〈留侯論〉、〈石鐘山記〉等；詩清新豪健，善用誇張、比喻等手法，獨具風格，〈飲湖上初晴後雨〉、〈題西林壁〉等皆是千古傳誦的名篇；他還將北宋詩文革新運動的精神貫徹到詞的創作中，開豪放派之先河，對詞的革新和發展做出了巨大貢獻。

三蘇是北宋文化昌盛時期著名的文學家，也是文學史上光彩奪目的巨星。三父子一齊列入「唐宋八大家」，在中國文學史上是絕無僅有的奇蹟。

蘇門四學士

「蘇門四學士」指的是北宋文學家黃庭堅、秦觀、晁補之和張耒。蘇軾是繼歐陽脩之後北宋文壇的領袖人物，黃、秦、晁、張都得到過他的培養和舉薦。他說：「如黃庭堅魯直、晁補之無咎、秦觀太虛、張耒文潛之流，皆世未之知，而軾獨先知之。」（〈答李昭玘書〉）由於蘇軾的推薦和讚譽，四人很快名揚天下。「蘇門四學士」的稱號僅僅表示這四位作家精神上追隨蘇軾，得到過蘇軾的垂青和指導，接受他的文學影響，並不代表他們與蘇軾同屬一個文學流派。實際上四學士造詣不一，受蘇軾影響的程度也有所不同，文學風格更是大不相同。

黃庭堅（西元一〇四五至一一〇五年），字魯直，自號山穀道人，晚號涪翁，洪州分寧（今江西修水）人。他在蘇門四學士中成就最高，影響最大。他的詩師法杜甫，開創盛極一時的江西詩派，在詩歌史上與蘇軾並稱「蘇黃」，在宋代詩壇的影響力甚至超過了蘇軾。蘇詩氣象闊大，而黃詩氣象森嚴，他們在詩歌藝術上各自創造了不同的境界。黃庭堅詞與秦觀齊名，年輕時寫過不少豔詞，晚年的詞風則接近蘇軾。他的書法亦是獨樹一幟，擅長行書、草書，是「宋四家」之一。

秦觀（西元一〇四九至一一〇〇年），字少游、太虛，號邗溝居士、淮海居士，揚州高郵（今江蘇高郵）人，宋代婉約詞代表作家。他少時聰穎，博覽群書，瀟脫不拘，抱負遠大，蘇軾很賞識他。曾作〈黃樓賦〉，蘇軾讚他「有屈、宋之才」。秦觀的主要成就在詞。他的詞不走蘇軾的路子，以寫男女情愛見長，亦有很多感傷身世的作品，風格委婉含蓄、清麗雅淡。

晁補之（西元一〇五三至一一一〇年），字無咎，號歸來子，濟州巨野（今山東巨野）人。他出生於書香世家，有良好的家庭文化薰陶，又聰敏強記，所以年幼時就能作文，亦工書畫，與張耒並稱「晁張」。晁補之的散文語言凝練流暢，風格接近柳宗元。蘇軾曾稱讚他文章寫得博雅瑰偉，極有說服力，遠超過一般人，認為他以後定會顯名於世。詩學陶淵明；詞格調豪爽，語言清秀曉暢，接近蘇軾。

張耒（西元一〇五四至一一一四年），字文潛，號柯山，祖籍亳州譙縣（今安徽亳州），生長於楚州淮陰（今江蘇淮安）。他身形魁梧，是以人稱「肥仙」。詩詞皆擅長，《全宋詩》、《全宋詞》中有他多篇作品。他的文章類似蘇轍，汪洋澹泊；他是蘇門四學士中受唐詩影響最深的作家，詩學白居易、張籍，大多反映下層百姓生活及自己的生活感受，風格曉暢平易；其詞流傳很少，語言香濃婉約，風格與柳永、秦觀相近。

元曲四大家

「元曲四大家」是關漢卿、馬致遠、鄭光祖、白樸四位元曲作家的並稱，簡稱「關馬鄭白」。這四位作家有一個共同特點，就是都不求功名利祿，長期生活在社會底層，與老百姓在一起，所以他們的作品能夠非常真實地反映當時社會的現實，不僅思想深刻，還有濃郁的生活氣息，因此深受廣大群眾的喜愛。

關漢卿，號已齋叟，大都（今北京）人。他是四人當中成就最高的作家。此人博學多才，談吐幽默，儀容瀟灑，同時又有廣泛的興趣愛好，下棋、歌舞、演戲、踢球、吟詩、吹拉彈唱無所不通，常出沒於酒肆、戲場之地，一生奉獻於戲劇。他的作品多揭露當時黑暗的社會現實，歌頌勞動人民尤其是婦女對黑暗現實的反抗，作品風格自然流暢，人物形象鮮明生動，極具表現力。他的《竇娥冤》、《單刀會》、《蝴蝶夢》等作品至今仍有打動人心的力量，他塑造的竇娥、桃杌、趙盼兒等形象今已成為許多社會現象的代名詞。

白樸，初名恆，字仁甫，後字太素，號蘭谷。父親白華官至金樞密判官，與著名詩人元好問為至交。天興元年（西元一二三二年），蒙古軍進軍汴京，白華隨金哀宗出奔。第二年城被攻破，白樸母親身亡，元好問帶著八歲的白樸流落到聊城，數年後白樸才與父親重逢。這一段經歷對白樸的一生有重大影響。他後來放浪形骸，視名利如糞土，多次拒絕元朝大臣史天澤的提拔。

他的雜劇內容多為歷史傳說和愛情故事，主題主要包括三個方面：一是對歷史和政治問題的思考。如講述唐明皇與楊貴妃愛情故事的《梧桐雨》告訴我們，貪圖享樂必然導致政治腐敗，而一旦政治腐敗到極點，又要犧牲愛情來成全政治。二是揭露封建禮教對青年男女愛情的摧殘。三是同情與支持青年男女衝破束縛，為自由的婚姻而抗爭。如《牆頭馬上》中塑造了大膽潑辣、追求婚姻自由的李千金的形象。

鄭光祖，字德輝，平陽襄陵（今山西臨汾）人。他曾在江浙一帶做過小官，死後葬在西湖靈芝寺。元代鐘嗣成《錄鬼簿》中說其「為人方直，不妄與人交。名聞天下，聲徹閨閣」，故死後很多人為他送葬。他的作品以歷史劇、愛情劇為主，清麗優美，音韻悠揚，不僅極具文采，而且與本色的戲劇語言相結合，深受人們的喜愛。他的雜劇今天所知的有十八種，現存《迷青瑣倩女離魂》、《鐘離春智勇定齊》、《虎牢關三戰呂布》等。其中《倩女離魂》成就最高。張倩女與王文舉原是指腹為婚，倩女的母親卻令王文舉功成名就後再完婚。文舉被迫上京趕考。倩女因思念文舉，靈魂離開身體，追隨文舉而去。後文舉中舉，二人一同歸來，倩女的靈魂與病體重新合一。這部作品塑造了大膽反抗封建禮教、追求愛情自由的張倩女的形象。

馬致遠，字千里，號東籬，大都（今北京）人。他年輕時有壯志豪情，期待能夠「佐國」，後來沉迷於詞曲，出入於各種劇場。後被提拔，任職江浙行省務官。晚年退隱後沉醉詩酒。元貞年間，他與劇作家、演員共辦書會，一同編寫北曲雜劇。他創作的雜劇有十五種，今僅存七種，其中《漢宮秋》寫昭君出塞的故事，在藝術上有較高的成就。其雜劇擅長悲劇抒情；其半數作品為神仙道化戲，有逃避現實的消極意味；曲詞清麗典雅，功底深厚。

三言二拍

「三言二拍」為明代五部著名白話短篇小說集的合稱。「三言」指馮夢龍的《喻世明言》（原名《古今小說》）、《警世通言》、《醒世恆言》。「二拍」指凌濛初的《初刻拍案驚奇》和《二刻拍案驚奇》。

明代白話短篇小說的主要形式是「擬話本」。宋元時期的說唱藝人講唱故事所用的底本被稱為「話本」，文人模擬話本形式而創作的白話短篇小說則稱為「擬話本」。擬話本的代表就是馮夢龍的「三言」和凌濛初的「二拍」。馮夢龍、凌濛初等文人，受王陽明「心學」的影響，力圖把儒家思想從士大夫階層進一步推向民間，而通俗小說正是教化民眾的最佳途徑，這是他們創作編輯、創作小說的原因之一。馮夢龍把小說集命名為《喻世明言》、《警世通言》、《醒世恆言》，可見其編纂宗旨十分明確。「三言」每冊有四十篇，一共一百二十篇。其中有收錄的宋、元、明以來流傳的舊作，也有根據野史、筆記、戲劇、小說、歷史故事乃至民間傳聞進行的再創作。馮夢龍對這些作品統一編輯加工，並給各篇故事加上了整齊的回目。

馮夢龍推崇話本小說，是希望可以透過它啟迪大眾的「良知」，達到廓清世風的目的。「三言」以描寫市井生活為主體，反映了社會各個階層特別是市民階層的情感世界，展現了充滿生命活力的市民思想意識。其中的優秀作品故事完整，情節曲折，細節描寫細膩生動，調動多種表現手法刻劃人物性格，人物形象鮮明。極高的藝術成就使「三言」成為中國古代白話短篇小說的最高峰。「三言」的故事為後來的戲劇舞臺提供了豐富的素材，比如〈玉堂春落難逢夫〉、〈杜十娘怒沉百寶箱〉、〈白娘子永鎮雷峰塔〉等。

話本小說的規範性文體和創作方式都是由「三言」確定的。「三言」影響了凌濛初的《初刻拍案驚奇》和《二刻拍案驚奇》。「二拍」四十卷基本屬於凌濛初的個人創作，是中國小說史上第一部文人獨立創作的擬話本小說集。「二拍」反映的大多是市民的生活和思想意識，比如〈轉運漢巧遇洞庭紅〉寫的是商人泛海經商的事，反映出明末商品經濟的發展。〈疊居奇程客得助〉、〈烏將軍一飯必酬〉等故事也都重視商業的描寫，這在以前的短篇小說中十分罕見。「二拍」中的作品也多包含勸誡之意。

南洪北孔

南洪北孔是清代劇作家洪昇、孔尚任的並稱。他們分別創作的《長生殿》和《桃花扇》，是清代曲壇上最負盛名的作品。洪昇是錢塘（今浙江杭州）人，孔尚任是曲阜（今山東曲阜）人，因此有「南洪北孔」之稱。兩位劇作家都因其劇作而惹禍上身，一位被革除了監生資格，一位被罷官，但他們留下的這兩部作品在後世獲得了極高的評價。當時的清朝政治清明，商業發達，曲壇大興風花雪月、才子佳人之風，而這兩部作品主題極深刻，藝術價值極高，成為曲壇上閃耀的雙星。

洪昇青少年時期是在戰亂中度過的，他的師長、外祖父、父親都曾經出仕。所以他的思想既受到戰亂中遺民的影響，感嘆故國興亡，又擁護新王朝，走上了仕途。他在康熙時期是國子監太學生，生活卻非常貧困。而他為人又孤傲，和父母分居後生活更加艱難，不得不求告權貴。後來其父被汙蔑，他的生活又遭受了打擊。在這樣的境況下，他用十年的時間寫下《長生殿》這一不朽之作。後來，他因在佟皇后喪期演出《長生殿》而被革除太學生籍。最終，他在外出訪友的歸途中，因醉酒落水而亡。他的戲曲作品現存《長生殿》和《四嬋娟》兩種，作品中具有民主思想。

孔尚任是孔子的六十三代孫，早年隱居讀書，後康熙南巡至曲阜祭孔，孔尚任作為御前講書官，得到了康熙的賞識，被破格錄用為國子監，進京上任。後來，他隨工部侍郎孫在豐去治理淮陽河道，在遊歷揚州、南京一帶時結交了許多明朝遺老，獲得了大量關於明朝興亡的歷史資料，為創作《桃花扇》累積了豐富的素材。《桃花扇》寫成後獲得了巨大的成功。他的作品透露出他依附於統治階級、感激康熙知遇之恩，但又不滿於清廷的掌權與政治黑暗的複雜情懷。主要作品還有詩文集《岸堂稿》、《長留集》等。

洪昇

孔尚任

官網

國家圖書館出版品預行編目資料

古文說要跟你做朋友：體裁介紹 × 名家拜讀 × 經典賞析 × 流派詳解，全面囊括漢學知識，讀文言文不再理解困難！ / 韓品玉 主編，劉靜怡，徐麗慧 編著 . -- 第一版 . -- 臺北市：崧燁文化事業有限公司 , 2023.03
面；　公分
POD 版
ISBN 978-626-357-218-8(平裝)
1.CST: 中國文學 2.CST: 文學理論 3.CST: 閱讀指導 4.CST: 古文
820.1　　112002441

古文說要跟你做朋友：體裁介紹 × 名家拜讀 × 經典賞析 × 流派詳解，全面囊括漢學知識，讀文言文不再理解困難！

臉書

主　　編：韓品玉
編　　著：劉靜怡，徐麗慧
發 行 人：黃振庭
出 版 者：崧燁文化事業有限公司
發 行 者：崧燁文化事業有限公司

E-mail：sonbookservice@gmail.com
粉 絲 頁：https://www.facebook.com/sonbookss/
網　　址：https://sonbook.net/
地　　址：台北市中正區重慶南路一段六十一號八樓 815 室
Rm. 815, 8F., No.61, Sec. 1, Chongqing S. Rd., Zhongzheng Dist., Taipei City 100, Taiwan
電　　話：(02)2370-3310　　**傳　　真**：(02) 2388-1990

印　　刷：京峯彩色印刷有限公司（京峰數位）
律師顧問：廣華律師事務所 張珮琦律師

定　　價：320 元
發行日期：2023 年 03 月第一版
◎本書以 POD 印製